紅眼怪盜團之
美屍坊

賣萌用。
黑色眼罩下，
眼睛呈現珠寶般的血紅狀。
黑色眼罩周圍有八顆紅色寶石。
頭髮亂翹，
不修邊幅。
體格高大。
郝仁 Hao ren
因打架事件被學校勒令退學，還被父親趕出家門。
他的身分其實是聖獸輪迴轉世，
在這世將歷經一場有趣的體驗。
路邊攤。
HAO REN

長髮及肩的大帥哥。
服裝穿搭品味優雅，
高級名牌訂製西裝。
馬克
Mark
他的外表就像是伸展臺上的模特兒般，
舉手投足間總是散發出耀眼的魅力。
曾經獲得史上最年輕品酒師的殊榮。
MARK

INDEX

目錄

NO. 1 不良郝仁初登場

「吼——」

一陣嘶啞的長嘯聲響劃破天際，巨大的黑影彷彿被千百條牢固的鐵鍊拴住，掙扎的身體不斷激烈的扭動著，奮力踩在赤褐土地上的巨腳震起沙粒，頓時間塵土飛揚，直到灰濛濛的沙塵遮蔽了原本明亮的光線。

「喂，你們太殘忍了吧！」躺在樹蔭下的郝仁緊閉眼，左右手握拳胡亂揮動，表情痛苦的低吼著：「全部給我閃開！這樣傷害人家很好玩是不是？」

「老公，你醒醒！又做同樣的惡夢啦？」看見在睡夢中的郝仁更加激動的低吼，仰躺的身軀緊繃到像要爆炸似的，平日冷靜的大春難得亂了陣腳，在郝仁頰邊吹起一股催促的氣息。

「老公老公，再不起來你就完蛋了！」夏七看向遠方越來越靠近的身影，著急的在郝仁的肚子上彈跳。

郝仁的狂吼聲引起了巡邏警察的關注，警察在遠方吹起一陣刺耳的口哨，並加快腳步朝此處前進。經過的路人目光看過去，只見一名看似離家出走的不良少年在樹下昏睡，即將遭到巡邏警察前來盤問，卻完全見不著八道急忙的身影圍在樹下，守在那仰躺的高大身軀旁來回飛竄。

「老公，別再貪睡，警察快過來我們這邊了啦！」六秋雙手使勁搖晃著郝仁高壯的身軀，但躺著的他卻動也不動。

「來不及了！」八冬見情勢不對，趕緊慫恿大夥兒合力幫忙，「來吧，姐妹們，我們一起想辦法把傘舉到最高處。」

「好，快點！」

只見八道陰森森的灰影在樹蔭下，使勁的將黑傘舉至約成年男子的高度，然後在八冬說「放！」的一聲下，全員鬆懈身體的力道。黑傘朝目標倏地直線落下，緊接著空氣中響起一道如她們預期的狂雷般的巨吼。

「住手！快饒過他！他快要……啊——靠！」寬闊的額頭遭一記猛烈的力道撞擊，仰靠在樹幹猛打盹的郝仁驚醒，隨即大吼道：「妳們誰打我？說！想幹架是不是？」

「老公，先別管這個，你快看那邊。」

「蛤？看什麼東東……」順著秋三指的方向望去，睡眼惺忪的郝仁倏地睜大雙眼，驚吼道：「條子又來巡邏了！」

郝仁右手反射性的撈起身側的大黑傘，在傘撐開的同時八道黑影瞬間閃入大傘之下，高大的身軀俐落的邁開步伐並低喊：「老婆們，跟著我快閃！」

◆※◆※◆※◆

「這是最後一次機會了……絕對要……要把握……」

公園有一處潮濕的沙地，因為靠山邊的緣故，鮮少出現人煙；沙地旁有間廢棄公廁，年久失修只剩斷垣殘壁，一坨似動物的內臟突兀出現在沙地上且正在不規律的顫動著，暗紅的肉塊強烈收縮，並發出奄奄一息、嘶啞的喘氣聲。

「就算毀滅又如何……只要意念……意念延續就是永生啊……」

遊蕩在人世的靈魂因怨念的累積成了惡靈，它靠著潛入動物的心臟吸取養分存活，一旦傷害了人，怨念只會增加而非消散，直到怨念強大到無法負荷便逐漸走向滅亡，此為靈界難以顛覆的輪迴法則。

「喝！」

忽地，收縮的心臟彈向半空中盤旋，接著彷彿以奮力一搏的姿態下墜，就這樣深深的沒入沙地中。這時，奇怪的事發生了！

沙土像萬蛇般蠕動，交錯複雜的根莖由暗紅色的心臟往四處蔓延，然後向上攀升出樹幹枝芽，直到翠嫩的葉片染成深綠色後靜止。幾次眨眼的時間，原本空蕩蕩的沙堆中竟然冒出一棵巨大的榕樹。

「無論是誰，靠近我……就用你的憤怒靠近我……迎接我那強大而渴望存活的意念吧……」

◆※◆※◆※◆

「呼……累死人了。」在公園內狂奔了許久後，直到一處靠山壁、人煙較稀少處，郝仁才終於停下腳步急切的喘息。「媽咧！我郝仁真是衰到極點，才十六歲就在公園這邊學人家當流浪漢，偶爾還要跑百米給條子追。」

「老公，那邊有洗手臺，你可以去洗洗臉，看你流了一身汗，濕濕黏黏的應該很不舒服吧。」大春指向右前方約莫二十公尺處。

「怎樣？嫌我又臭又髒是不是？」郝仁皺起眉頭，斜眼瞪向左側，「潔癖鬼咧！妳有看過流浪漢乾淨清爽的喔？真是搞不清楚狀況。」

郝仁惡作劇的甩頭將汗水往四周圍噴灑，耳邊揚起的尖叫聲讓他惡劣的心情好轉。

「哈哈……」

「肯定臭死了，還好我們聞不到。」八冬嫌惡的捏住鼻子，「老公快去大春姐說的洗手臺，那邊正好有棵大樹，樹蔭足夠遮蔽日光，老公你就不必辛苦的幫我們撐傘了。」

「囉嗦，這不就在走了嘛……怪了，公園裡什麼時候冒出了這棵巨大的榕樹？還是說我的記憶力衰退……」郝仁拖著跑得肌肉痠痛的身軀前進，嘴裡還不忘碎碎唸。

直到樹蔭下，秋三的身影猴急的飄出黑傘外，確認安全無虞後其他身影相繼跟進，郝仁這才把只在水果攤會出現的五百萬大黑傘收起，好讓出現麻痺感的右手暫時歇息會兒。

「姐妹們注意，妳們有沒有感覺到這裡出現一股妖氣？」大春戒備的左右張望。

「有嗎？大春姐發現什麼不對勁了嗎？拜託不要嚇我嘛。」膽小的四夏緊張的貼近郝仁尋求庇佑。

「我也感覺到了！」春二柔美的嗓音難得嚴肅了起來，「這附近恐怕有什麼不好的東西，我覺得氣場有些怪怪的。」

「噗！哇哈哈哈……」

一陣突如其來的嗤笑打破了緊繃的氛圍。

「妳們幾個在比賽說笑話喔？還什麼妖氣、不對勁咧，好好笑，哈哈哈……」郝仁邊笑邊轉開步道邊的水龍頭，讓沁涼的水花噴灑在紅通通的臉頰消暑氣。

「老公你在笑什麼？」秋三不解的問。

「對啊，有那麼好笑喔？」

其餘的幾「人」見郝仁笑得樂不可支，讓她們暫時忘卻了原本感受到的不適。

「我說，有妳們在的地方哪裡沒妖氣？哪裡不詭異了？笑點是鬼怕被嚇，卻不知道自己最嚇人。哈哈……」郝仁脫下身上汗濕的黑色背心，順道在水龍頭下沖洗，假裝沒聽到耳邊聒噪的抱怨聲響；他關掉水龍頭、用力扭轉背心，奮力將背心的水分擠掉，半乾後再攤開來甩一甩，然後隨意的搭在一根從大樹岔出來的樹枝上。

「靠！肚子又在抗議了。」感覺到胃部強烈收縮，郝仁下意識撫了撫上腹，右手伸進褲袋內掏了掏，只剩幾枚銅板相互碰撞，「看來明天就沒錢買東西吃了，乾脆把剩下的硬幣拿去弄個碗來，然後隨便找個角落學人家當乞丐好了，否則哪天餓死在公園，我老爸肯定還沒臉過來認屍，說什麼家裡的敗類……」

「老公，噓——」

「大春，妳在那邊噓什麼噓啦！」郝仁的自言自語遭到噓聲打斷，讓他覺得非常不是滋味，「沒看到我在為往後的日子打算喔？再說我排尿功能一向超順暢的，不需要妳在那邊助興。」

「老公，有人。」八冬用眼神示意郝仁後方。

「哈！有人又怎樣？難不成妳們還怕人？不要嚇死人就可以回家偷笑了，再說……再說……」郝仁耍嘴皮的同時突然意識到鬼老婆們的警告，僵直了身軀，緩緩的轉頭這才驚覺情況不妙。

靠！他居然沒發現有人經過！

「哈！這人有病啊，一個人在那邊自言自語。」路人甲不屑的撇嘴。

「娘炮，大白天又戴帽子又撐傘的，乾脆回家敷面膜算了。」路人乙嗤笑冷哼。

「我看他要不是瘋子，就是他媽的在跟鬼說話。」路人丙跟著數落。

郝仁向來不喜歡惹事，雖然他在學校常因為身材較同年齡的同學高大，不修邊幅的打扮加上渾厚的嗓音，總是惹得學長們看不爽，常找一群壯漢來圍剿他也是家常便飯，但他每次都輕鬆打贏，可鼻青臉腫回家的同時又得遭到家人的怒罵與處罰。

就像今天，他很清楚自己不該惹事，卻還是忍不住衝動的回嗆：「我就是他媽的在跟鬼說話，怎樣？不爽喔？」

聞言，路人甲、乙、丙笑得更加張狂了。

「啊哈哈……這人在耍白痴耶！」

郝仁亮出握緊的拳頭示威，吼道：「笑屁！再笑要你們好看！」

「啊哈哈……起肖咧！」

三人簡直樂歪了，其中一位還向前摘下郝仁的鴨舌帽，順道想搶下雨傘卻沒得逞。

「哼！你們這群癟三休怪我郝仁玩陰的。」郝仁摩娑著下巴，露出一臉自信的模樣，接著道：「老婆們，給我上！」

過了一秒、兩秒、三秒……四周仍然沒出現任何動靜。

「老、婆？哇哈哈……」路人甲刻意扭了下臀部，挑釁意味十足，「來啊！娘炮的老婆們，快過來捏爆大爺們的饅頭啊！哈哈……」

郝仁尷尬的瞬間漲紅了臉，壓低嗓音催促：「糗爆了！妳們幾個千萬別給我漏氣啊！還不快點幫忙對付這群癟三！」

「不、不好吧？」

「可、可以嗎？」

八張森冷的臉色起了細微且難以察覺的異樣——掩嘴竊笑、眨眼頻率快了些；雖然一個個嘴巴上喊著不好啦、不要吧，目光卻火辣辣的鎖定在那三人白花花的饅頭，不，是臀部上。

「幹！有本事就自己動手，少給我在那邊裝神弄鬼的。滾過來捏大爺們的屁股，爽的話帽子就還給你。」路人丙在放狠話。

聽到挑釁的話語，郝仁舌尖頂了下口腔右側內壁使出殺手鐧，「老婆們聽著，今天跳樓大放送，不用怕給我戴綠帽，想摸盡量摸、想捏盡情捏……」

郝仁話還沒說完，耳邊立刻傳來一陣陣狂嘯。

「誰捏我？」路人乙大吼，身後沒半個人影，屁股卻彷彿被一雙、兩雙或者更多雙手蹂躪，冰涼的觸感從臀部滲透至腳底，直衝腦門。

「喂！怎麼越摸越前面……靠！癢斃了！」路人甲一邊喊著、一邊讓肛門猛然緊縮。

路人丙發抖的喊：「不、不要……是誰？」

看著眼前三人不停的防著「誰」在摸這裡還有那裡的，郝仁搖頭噗笑了下，「哼！早看出來妳們這些色鬼哈得要命，還要我在那邊推波助瀾咧！」

「嗯～老公，謝謝。」

「貨色還算不賴，謝啦老公！」

八位鬼老婆們中還有些不忘道謝，沒開口的根本是把握機會一次摸個爽。

眼看這三名男子臉色嚇得慘白，郝仁心軟決定手下留情。

「幾位大爺，請問在下招待的還算周到吧？要不要我請我老婆們再賣力些，如各位大爺所願……」郝仁瞇起雙眼，右手五爪作勢使出狠勁，「捏爆你們的大、饅、頭？」

「弟弟，屁股很翹喔。」

「鬼、有鬼——」細微空靈的聲音傳入路人甲的耳裡，受到驚嚇的他忍不住失聲大喊：「鬼啊！」

「嗯～你的饅頭好結實喔。」

「快、我們快跑！」路人乙嚇得差點腿軟：「媽啊——救命！」

「靠！見鬼了！」路人丙初次撞邪，就遇到超級大色鬼。

「弟弟，你那裡好雄偉，超好摸的。」

「啊———」三個大男人倏地拔腿狂奔，雙手還摀住臀部，不時回頭張望，深怕一不小心少了兩團肉。

「哈哈，老婆們，幹得好！」郝仁摳了摳下巴新生的鬍渣，滿意的目送逐漸遠去的狼狽身影。

「好說好說，我們也受惠啊～」六秋一向最不挑食，生前只要是雄性動物，她一概喜歡吃吃豆腐。

其他姐妹們掩嘴嬌笑，再怎麼說依然想保有女性矜持的一面。

「哈！妳們高興就好，別說我沒照顧……唉，我啊倒是真的得好好思考下一步該怎麼走了。」嘻鬧後的寧靜帶出了郝仁心中的不踏實感。

「老公，你別想那麼多嘛……」

見郝仁神色轉為苦惱，姐妹們也只好跟著收起笑容。

「現在到底該上哪兒找落腳處？被學校勒令退學後，我哪還有臉在校園裡出現讓人恥笑……大家都說家裡是最好、最溫暖的避風港，卻是我覺得待起來最痛苦的地方……」

上個禮拜某天的午餐休息時間，郝仁無端被一群學長圍毆，他防衛性的反揮拳頭將對方人馬打得鼻青臉腫，混亂過程中一名吳姓學長的哥哥亮出長刀，郝仁不得不機警的使力扭轉對方的手臂以自保，但由於力道過強造成對方的骨頭當場斷裂。

這事在學校引起一陣軒然大波，要不是郝仁父親在地方是有頭有臉的人物，雙方談妥賠了一筆金額後達成和解，但郝仁最終還是遭到了學校退學的處分。回家後為了這件事，父子倆大吵一架，郝仁的兩位姐姐跟著在一旁火上加油，結局當然就是郝仁被掃地出門。

他們郝氏家族哪位不是生來天賦異秉？據說郝仁是家裡唯一的敗類，求學過程總在跌跌撞撞中勉強度過。

想起以前的日子依然餘悸猶存，郝仁每回提心吊膽攤開成績單，就注定得忍受家人的嘲諷；小時候閉嘴忍耐，這回他終於忍不住爆發，不但衝動的回嘴，甚至還拿起一旁的小凳子用力往地面摔去。

——這便是郝仁有生以來最嚴重的發飆，實在夠孬種。

父親後來毫不留情的把郝仁趕出家門，並且揚言從此和他斷絕關係。

有別於以往離家出走的經驗，父親還會派人馬來找尋他的下落，這次郝仁很清楚明白，無論過了多久都不會有人前來關心，從父親絕望的眼神看來——那是他從來不曾看過的眼神，郝仁就此和威望顯赫的郝家斷絕了聯繫。

「馬的！有那麼嚴重嗎？不過是不喜歡讀書罷了，又沒出去殺人放火；學校成績雖然老是敬陪末座，但不代表我日後沒有出頭天的機會啊！我郝仁運氣還能多背？乾脆死了算了！」

滿腔的鳥氣無處發洩，郝仁抬起腿一鼓作氣往前踢去，一塊小石子就這麼飛向前方的樹幹，過沒兩秒的時間，又因反作用力彈了回來。

「幹！&%$#……」一連串髒話隨即飆出口，郝仁摀住遭受攻擊的左眼，一陣揪心之痛侵襲而來，「痛死了！&%$#……」

一連串的中英文夾雜臺語，髒話裡頭帶著痛苦的哀號，郝仁耳邊驀然湧進一道陌生且低沉到震動心房的嗓音——

「就是你了！我的意念……延續下去啊……」

「老公，你還好吧？」大春機警的嗅出不對勁，察覺到有股陰森晦暗的影子出沒，並使出念力阻擋著惡靈的逼近，「大家注意，有惡靈！」

「快點，我們趕緊唸出避邪咒，救老公要緊！」六秋率領著大夥兒口中唸唸有詞，讓飄忽的惡靈頓時顯露出痛苦的樣貌。

「惡靈！趕快消滅吧！」

大夥兒全卯足了勁的抵擋，卻意識到對方並不好對付。

郝仁的鬼老婆們在危急時刻身體驀然發出紫紅色光環，堅定的神情像是為了什麼拚命似的，奇怪的是，一旁原本矗立在公園角落的大榕樹漸漸矮小萎縮，直到消失不見；沒有了大樹的保護，強烈的日光讓八道隱約存在空氣中的形體變得飄忽了起來，柔軟的像水流般不斷盪漾著，原本就不大清晰的五官，扭曲變形顯得格外猙獰……

惡靈想強行趁機侵入，八道身影也飛快的跟著一股腦湧進了郝仁的左眼裡對抗，然後消失殆盡。

「喂！妳們在幹嘛？全跑進我的眼睛裡面不會覺得太擠嗎？呃……」此刻，眼球的灼熱感讓郝仁暫時再也說不出話來，他咬緊牙關承受劇烈的刺痛，越來越強烈，越來越無法忍受。

正當他瑟縮著身體低聲哀號之際，後方臀部忽然遭來一記猛烈飛踢，郝仁立刻回頭怒吼：「喂！誰啊！幹嘛沒事踢人？」

「啊哈！原來還活著。」

「你這臭……」對方體型矮小瘦弱，目測身高連一百五十公分不到，郝仁原本一度要飆出口的髒話頓時止住，沉住氣硬生生吞了回去，心想沒必要跟可憐的流浪漢計較。

「年輕人，眼睛瞎了？」老頭的一雙靈活眼向四處打量，像是在找尋什麼似的。

「嗯哼，被反彈回來的石頭打中眼睛，我看也差不多快瞎了。」郝仁自我解嘲，接著跳起來準備側身飛踢，「要不是這棵爛樹擋在這邊，我……咦，樹咧？」

「樹？你是說……有樹長在這空曠的沙地上？」老者的問話帶點遲疑的戲謔，目光卻明顯的來回掃射周邊環境。

「沒錯，剛才明明還在這裡，一棵超大超大的榕……怪了！明明就長在洗手臺旁邊，我的背心還吊掛在樹枝……咦？樹枝咧？靠！才剛洗好的背心掉在地上又髒了。」郝仁彎腰撿起背心，目光來回四處搜尋、不斷眨眼確認。

原本存在的物體竟然憑空消失，靠！說了誰會相信？

「對了年輕人，你剛剛一直待在這裡？」

「是啊，怎麼了？」郝仁揉了揉仍在發疼的眼睛，懷疑自己是否在夢中。

「那你有沒有在這邊看到什麼特殊的怪異現象？比如說好好一個人突然幻化成獸，或者地上、空氣中出現特殊的印記符號之類的？」

「怪異現象啊……」對方遲疑的問話讓郝仁防備了起來，想說這老頭是不是想探測有關鬼老婆的事，不過他的鬼老婆們到底在搞什麼鬼？

「嗯……應該沒有吧！說什麼野獸什麼印記的，你這老頭有病喔！」

郝仁不著痕跡的打量對方，老頭嘴裡咬著一根約莫七公分長的細長柱體，皺巴巴的，色澤像是那種肉類丟進滾水中立刻取出，有點半生不熟的死灰感，再仔細瞧瞧，又像被剁開的手指頭，指甲的部分被含在嘴裡看不清楚，但切口的部分淌著乾滯的血跡……

難不成這老頭是變態殺人魔？哈！想太多，誰會沒事拿一根手指頭當牙籤咬，要怪就怪現在的整人玩具隨著科技進步，做得越來越逼真。

「喔，這樣啊……」老者骨碌碌的眼珠轉動了下，「那麼年輕人，你現在有空嗎？」

「有是有，不過要幹嘛？」

「老了不舒服，需要司機幫忙。」老骨頭轉身打開一旁的小貨車車門，矮小的身軀搖搖欲墜的爬上副駕駛座。

「假仙咧！剛屁股都快被你踢爛了，還在那邊裝死……最好等一下遇到警察把我這無照駕駛的送去牢裡蹲，反正我也無家可歸了。」

郝仁嘴裡咕噥著，倒也好心腸的乖乖上車，接著自然的扭了下鑰匙發動引擎，看一下後照鏡確認安全，雙手握住方向盤往左轉動了下，讓停在路邊的小貨車順利滑入車道。

NO. 2 鬼打牆

小貨車平穩的行駛在綠蔭大道上，郝仁操控著方向盤，一面看路、一面抬頭看向後照鏡，嘀嘀咕咕：「眼睛紅得跟鬼一樣，人家看了還以為是怪物咧。」

眼睛被石頭打到充血紅腫理所當然，但不至於慘到這種地步吧？整個左眼球染成火紅一片，彷彿一顆血紅色的……寶石？

「喂，老頭老頭！你先起來幫忙瞧瞧，我這眼睛到底出了什麼問題，不會要瞎了吧？」儘管郝仁呼呼喳喳的，但身旁那老頭根本睡得不醒人事，「誇張咧！有那麼好睡喔？才不過五分鐘就開始打呼，我看你根本是豬八戒轉世。」

念頭一轉，他先打了個方向燈暫時停靠在路邊。

「我說人啊，到頭來只能靠自己。」郝仁眼睛瞄到車排檔旁的縫隙中塞了片不知放了多久的OK繃，便隨手掏了出來送至嘴邊用牙齒撕開，然後從左眼皮上方往下黏至顴骨處。

「嗯，雖然不大美觀，至少比被人家懷疑是妖魔鬼怪來得好。」郝仁在鏡子前左看看右瞧瞧，確認沒問題後繼續發動車子上路，「現在最要緊的是趕快解決右邊那位睡到不知天南地北的老頭才行，超級怪咖。」

這老頭的長相就一般大眾的審美觀而言，可以說是醜陋不堪，花白的髮絲稀疏幾根頂在頭顱，依郝仁目測肯定不超過十根；臉頰凹陷不打緊，還布滿一顆顆凸起的疙瘩，兩隻招風耳彷彿偵測雷達招搖的掛在臉頰兩側，皺乾的嘴唇笑咧開來，只有零星幾顆快要蛀壞、搖搖欲墜的黃牙。

「要是路人碰到你這老頭鐵定嚇得屁滾尿流，好在你遇到的是我郝仁，這都得感謝我那八位鬼老婆，她們個個死於非命，要不有的血肉糢糊看不清五官，或者被人毀屍滅跡，少了一顆眼睛啦、鼻子整個被掏空、五根手指全數被喀擦，更或者有在大火中喪命因此全身焦黑……」

曾幾何時好多個夜晚，他偶然睜開眼眸，便瞬間被眼前的景象嚇得尖叫，然後一邊顫抖著，一邊還要安撫她們受傷的情緒。天知道他會叫，都是因為她們恐怖的相貌啊！

但鬼老婆們的身世已經夠可悲的了，郝仁又於心何忍說出真心話呢？

「最扯的是，我總要昧著良心說假話，今天誇大春說她少了右手的肩膀圓弧美麗，明日又要幫四夏建立自信心，說她那一片血肉模糊的五官格外挺立，後天繼續讚美秋三焦黑的身體白皙晶瑩……」

郝仁知道自己根本在唬爛，有時還深怕自己會遭天打雷劈，但他不得不說，習慣真是種可怕的玩意，當你時常說、每天都看，久而久之也就習慣自然。

「呼！」

一陣猛然的酣聲拉回了郝仁的思緒，他轉頭瞪向睡死的老者一眼，驀然想起了方才兩人間的對話……

「為了找貨車後的那些寶貝玩意，我已經好幾天沒休息了，你好好開車，仔細看樹，等到達目的地再叫我。」

「等等！你總得告訴我要把車開到哪兒去吧？」

「臭小子，我不是說了『仔細看樹』？是要我說幾次？」

「仔細看樹？靠，你到底在說什麼鬼？至少給我個地址還是什麼的吧！」

郝仁仍在狀況外，可旁邊的人卻沉入夢鄉，猛烈搖晃仍叫不醒老頭，看來他也只好硬著頭皮上路了。

「衰咧！遇到個老瘋子，這麼放心的睡覺，不怕我把你賣掉哦！」

筆直寬敞的大道，偶爾遇上不知該左轉或右轉的岔路，郝仁只好憑直覺當作兜風，想聽點音樂，車內的音響卻壞了，耳邊傳來的只有老者如雷響的打呼聲。就這樣漫無目的的行駛了一個多鐘頭後，郝仁終於發覺一件怪事。

「見鬼了！我們根本重複在同一條路上打轉嘛！」

就像現在這樣，左方民宅二樓的陽臺上，曬了三條暗紫色的棉被；再向前看去大約一百公尺的右方路邊，擺放了野蜂蜜攤，旁邊還立了塊不純砍頭的標語。假使他的記憶沒出差錯，一個連續左彎後便會見到灰色的平房屋頂上，有一隻被綁著的黑狗，興奮的朝著經過的車輛猛搖尾巴。

「汪汪……汪！」

「幹！又是那隻狗。」黑狗的出現證明了這段時間他周而復始在原地打轉，「難道這就是傳說中的……鬼打牆？」

車身再一個右彎後來到筆直大道，郝仁踩下煞車暫時停下來思考，視線往前看去，長長的柏油路遠至天邊。

他記得這裡——他又重新回到了出發的原點。

「仔細看樹？仔細看樹……靠，到底是什麼鬼東西？」郝仁乾脆打開車門出去透透氣，順便找棵樹來瞧個仔細。

紅褐色的土壤上布滿賁張的樹根，些微彎曲的樹幹有兩排黑蟻上下爬行著，再往上頭看去，茂密的葉片遮去了大半天空……但無論他再怎麼仔細端看，就是找不到任何線索。

「樹啊樹，你能指引我找到方向嗎？」

郝仁舉起手撫了撫樹幹，話說完便忍不住噗哧大笑，「哈！白痴！又不是阿拉丁神燈裡的巨人，還會幫人完成願望咧！如果樹真能指引方向，那麼世上還需要導航系統嗎？或者地圖被迫從書局下架，迷路兩個字自此消聲匿跡。哈哈……白痴到爆！」

郝仁不屑的搖頭，準備轉身的同時，眼前忽然出現詭異的景象，黑褐色樹幹的某處忽然往內塌陷，形成一道彎圓弧度，那感覺就像正對著他微笑。

「看來老頭沒在臭蓋。」郝仁揉了揉唯一能夠張開的右眼，發現樹幹上那張揚的笑容更加猖狂了，「靠！看我郝仁還能遇到多少怪事？樹會笑，這話傳出去肯定被人恥笑我在唬爛！」

他認命的回到車上，頓時有股莫名的直覺，怪樹會指引他走向該去的地方。於是他右腳踩下油門，讓小貨車繼續平穩的行駛在車道上。

「來了！」

路旁兩排的行道樹逐一展露笑容，接著前方筆直的道路倏地分岔成兩條，乾枯的樹枝彷彿魔爪般迅速往前延伸，發出了往右邊行駛的指示。

「這什麼？在玩電動喔？」

郝仁狐疑大樹的暗示，畢竟樹幹上塌陷而出的笑容充滿了邪惡的味道。當車子來到分岔路口時，他毅然決然的將方向盤往左，違逆了大樹的指引。

「不聽你的會怎樣？咬我啊！」

就在小貨車往左後繼續前行的同時，郝仁瞥到右邊的道路猛然開始劇烈的搖晃擠壓，原本完好的道路扭曲變形，接著瞬間往下墜落。剎那間，塵土飛揚遮蔽了明亮的天空，發出震耳欲聾的碎裂聲響，讓他的耳朵一度呈現耳鳴的現象，最後整條道路摧毀往下陷，讓大地形成一處詭異且深不見底的黑洞。

「哇靠！到底怎麼回事？好險沒選右邊那條。」郝仁驚恐的低吼了聲：「這還真不是普通的刺激，嚇得我差一點尿失禁。」

郝仁瞄了毫無動靜的副駕駛座一眼，手伸過去推了對方一把，道：「喂，老頭，快給我醒醒。」只見軟趴趴的瘦乾軀體就這麼硬生生往車門邊倒去，「真的還假的？這樣還能睡喔？算了，不如靠自己。」

他眼觀四面、耳聽八方，隨時注意周圍的動靜，依照大樹的指示，再憑直覺選擇；他就不相信這世上會有到不了的地方。

「等到達目的地之後，首要之務就是搖醒旁邊這位睡暈的老頭，把一切事情弄個水落石出。」

郝仁瞇起右眼，胸口忽然起了莫名的異樣感，他一時說不上來，像是蟄伏在深淵沉睡已久的野獸，就這樣緩緩的甦醒……

◆※◆※◆※◆

郝仁剛才開車時，眼睛根本沒在看路，僅緊盯著兩邊的行道樹觀察，就這樣開著開著，忽然一道刺眼的光芒照過來，讓他本能的閉起雙眸，等到能夠張開眼睛後，才驚覺車子已經瞬間移動到一處猶如世外桃源的空間。

「老頭，可以醒了吧？」郝仁伸手晃了晃隔壁副駕駛座瘦弱的肩膀後，突然一時尿急，先下車為妙。

「管你要去哪裡咧，再不解決我這泡尿，膀胱肯定爆掉。」他猴急的解開褲頭，「啊呀……順便幫這些花花草草補充點水分，爽啦！」

方才將近兩個鐘頭的路程，驚險刺激到簡直就像在拍電影，郝仁一度繃緊的膀胱現在終於得到解放。

「這是哪裡？應該還屬於我們人類的地盤吧？還有，前面那幢超級漂亮的別墅裡頭住的是人還是鬼？」

放眼望去，附近一帶只有前面這戶住家。

也不怪郝仁多疑，他又不是沒去過山上看夜景，從這幢座落在半山腰上的大別墅前往山下看去，像今天這樣天氣不賴的夜晚，竟然詭異的一片漆黑。

「啊～呀～睡得真飽，終於回到家了。」老者伸了個懶腰後，笑呵呵的打開車門跳了出來，並小聲咕噥：「這小子挺不賴的，竟然能夠順利把我送回家，若真是可塑之材，經過一番調教後，想必日後能在業界發光發熱。」

老者摩娑著下巴思考，他今日下山辦事，回程的路上意外看見前方天空閃爍著一道不明的紫光，據說那是道行極深的惡靈滅亡前出現的色澤，於是他奮力踩下油門前去探個究竟，說不定還能找到他苦尋多年的寶物。但到了現場他什麼都沒看到，只撿回這個看起來古道熱腸的二愣子。

「呼～」郝仁抖了抖擠完最後一滴尿後，便將牛仔褲拉鍊拉上，轉身看到老者朝著他奸笑，「靠！老頭，你要嚇死人喔？對了，這裡該不會是你家吧？」

「嘿呀。」

「真的假的？你是說這幢只有在雜誌才會出現的奢華建築物是你家？咦！這麼說來……你不是流浪漢？」

「擦乾你的口水，不用太羨慕。」老者驕傲到不行。

「漂亮是沒錯啦。」郝仁顯得有些不以為然說道：「但怎麼會選擇蓋在這種鳥不拉屎的地方……還有，這裡能上網嗎？」

「哼！蠢傢伙，這裡除了上網，能做的事情實在太多了。」

郝仁機警的話鋒一轉：「哈哈……是啊是啊，這裡真是個史上無敵霹靂的好地方。」他知道長輩們最受不了被批評了。

「哼！」老者瞪了幾眼後，一邊打開後車廂的帆布簾，一邊說著：「年輕人，這裡有幾箱木盒，你過來幫忙搬進去吧。」

「這些……全、全部？」郝仁視線掃過箱盒的數目，不禁吞了下口水，大大小小一共二十多盒，他現在人都快渴死了，還得耗費殘存的體力幫忙搬運貨物。

他臉上是不是寫了「我是好人」四個字，否則這老頭就這麼篤定他一定會點頭幫忙？

「怎麼，不想幫忙是吧？」老者困難的拉出一只最小的木盒，小心翼翼的捧在手中，身體搖搖晃晃的往大門邊走去，並刻意放大喘息聲。

「喂！老頭，讓開讓開，這些我來就好了。」

馬的！我的心是不是用棉花做的？郝仁在心裡嘆了口氣。

「嗯，你這年輕人還不賴嘛，懂得敬老尊賢，日後肯定會有出息。」老者立刻停下腳步，將手中的小木盒順手放在一旁的大石頭上，掌心拍擊了兩下發出清脆聲響，「既然如此我就先進去，順便替我這把老骨頭謝謝你啦。」

「等等，你總得告訴我這些玩意要搬到哪裡？」看到對方老臉上盪漾的奸笑紋路，郝仁清楚自己再次中計。

靠！他敢保證那老頭的力氣肯定不小，只是喜歡裝模作樣罷了。

「喏，看到前面的長廊了沒？」

「有。」郝仁點了點頭。

「你從那邊往花園的方向走去，接著會看到後頭有一間圓形的屋子，把東西全送到門口前就好。那麼等會兒見囉！」語畢，老者矮小佝僂的身形便一溜煙的消失在大門邊。

「馬的！這下有得忙了。」郝仁嘆了口氣，開始認命的搬運後車廂內的木盒，他甚至不清楚裡頭到底裝了些什麼玩意。

「怪了，這盒子裡頭真有東西嗎？」

他舉高其中一個長寬約莫十五公分大的方型盒子，左右不斷搖晃，發現根本沒啥重量。為了節省來回搬運的時間，他乾脆將幾個不算重的木盒疊放在一塊兒，接著小心翼翼的抬起來。

「啦啦……」郝仁哼著時下流行歌曲，忽然一陣涼風襲來讓身體抖了下，「怪了，怎麼那麼冷？」

這幢歐風別墅說實在美得不可思議，美得令人飄飄然，但眼前的情況仍讓郝仁不得不回到現實的是那陣襲來的怪風。

盛夏的季節，即便進入夜晚也不至於像現在這般冷得讓人牙齒上下打顫；那種詭異的感覺，彷彿有人拿了千百支細針，猛烈的刺穿你的骨頭一樣。

「據說只有到鬼屋才會有這種感覺……幹！難不成這棟美麗的別墅真是鬼屋？」郝仁甩了甩頭，「不可能啦！這裡看起來哪裡有鬼屋的樣子，比較像是格林童話繪本裡，出現在森林，什麼花花仙子或者美麗公主住的家。」

郝仁依照老者的指示來回搬運木箱，偶然抬頭瞥到圓屋上一塊黑色鍛鐵的匾額，匾額周圍鑲上一圈粉色雕花，昏黃燈光打亮招牌，上頭三個斗大的字體看了讓人匪夷所思。

美屍坊

「美屍坊……美屍……就字面的意思來看，指的是放置美麗屍體的地方？幹！不會吧！這幢豪華到不行的別墅，怎麼看都不像是屍體的集散地，肯定是那老頭自以為幽默的創意，哼！」

郝仁捧著最後一盒木箱，踏著疲憊的步伐來到長廊處，心想著這是最後一趟，搬完便能好好找個地方歇息會兒，就在這時，一隻頑皮的腳巧妙的伸了出來，將正在行走的他絆住，讓他當場跌個四腳朝天。

「靠！誰呀？」

木盒跟著掉落至地面，在撞擊之下，蓋子猛烈的彈了開來，裡頭的物品就這樣咚咚咚的滾落至郝仁的頰邊——

「這……這這這！」

那是一隻從肩膀被截斷，僵硬的男人右手？

郝仁連忙從地面上爬坐起來，微微顫抖的拾起腳邊的怪手觀看，視線瞟向木箱裡頭，尚有另一隻僵硬的左手，皮膚因為少了血液流動的滋潤而顯得詭異的白，呈現出令人不寒而慄的色澤。

「唉呀！真是可惜。」老者跳了出來，皺乾的臉龐顯得有些失望，「沒想到你這麼沉得住氣，我以為你會嚇得屁滾尿流咧，結果等了半天，連個尖叫聲都沒有，無趣。」

「所以老頭……你、你要我搬的這些東西是人的屍體？」

「不然呢？」老者一臉無辜。

「幹！你、你也太扯了吧！」郝仁壓根沒料到自己竟然和那一箱箱裝著分解屍體的盒子共處了好幾個鐘頭。

「唉，不過最遺憾的是，今天這批貨太完整了，害我另外攜帶的寶貝盒子什麼也沒裝到。」老者用尖下巴指了指，一堆木盒中最小最輕的那個。

「那個……你說的……」郝仁吞了下口水，對於即將揭曉的答案有些懼怕，「什麼寶貝盒子的，本來該裝些什麼？」

「本來以為這趟可以撿到一些小肉屑，正好拿來和我們家後院的麻竹筍一起滷，唉……實在太可惜了。」

聞言，郝仁終於忍不住失控的大吼：「哇咧#$%&——你是說你吃、吃人肉？」

老者搗了下左耳，緩緩說道：「那麼激動幹嘛？我們美屍坊一年四季飄散著人肉香。」他還煞有其事的吸了吸鼻子，「你聞聞看，難道沒聞到嗎？」

「你說肉香嗎……」郝仁跟著嗅上幾口。果然，空氣中瀰漫一股香味，他想像著被大刀剁開的人肉，骨頭在大鍋內沸騰滾燙的模樣。

「說實話，這味道還真不是普通的香。」郝仁鼻尖不由自主的動了動。

「咕嚕、咕嚕……」

「媽呀！千萬不可以墮落，肚子竟然還給我咕嚕叫，實在太丟臉了！」

「爺爺，來者是客，你就別嚇唬人家了。」

伴隨著輕柔的語調，一名年輕女子緩緩走向正對話的兩人。

「哇靠！超超超……超正的。」郝仁失了神的看過去，在心裡讚嘆著，這等貨色不去當模特兒或者大明星，實在是太過暴殄天物了。

「馨萍，妳老愛拆爺爺的臺，偶爾讓我玩一下會死喔。」老者不甘心的抱怨道。

老者的孫女聰明伶俐，二十歲那年便從美國知名醫學院畢業，以優秀的實習成績被網羅至大醫院，曾經親自操刀多次，完美的技術一度成為醫界流傳的佳話，是極具盛名的外科醫師，卻意外在她名聲達到巔峰之際突然宣布隱退。

方馨萍之所以會退出醫界的理由至今無人知曉，雖然曾多次有著名醫院致電挽留，卻遭到她斷然拒絕，問她理由，也只是以沒興趣三個字簡單帶過。

「來者是客，爺爺你就別欺負人家了。」方馨萍走至郝仁面前，友善的朝他伸出手來，「快起來吧！」

「喔，謝謝。」郝仁握住對方纖細的手，成功的站起身來，放開手後掌心仍然殘留她那柔軟的觸感。

「你別聽爺爺亂說，廚房裡飄出來的肉香，是Tony烹調晚餐的味道，他說我們家頭一次有客人來訪，當然得準備一桌子好菜來招待。」

「不用了，嘿嘿，其實我不餓啦。」郝仁昧著良心說，然而肚子超不配合，再度傳來一聲咕嚕響。

方馨萍淡淡微笑，並指了下梁柱上掛著的匾額。

「美屍坊的意思很簡單，就是替屍體做美容。很多死於非命的死者，通常都是殘破不堪，他們的家人無不希望死者入殮時能夠呈現出完整的一面。或許你不屑這一行，不過能夠滿足死者家屬的願望，讓死者安息，其實也算善事一樁不是嗎？」

郝仁心急的解釋：「等等！妳誤會了，我並沒有什麼瞧不起的意思。」

「既然如此，那就留下來跟我們一起用餐吧，還有……你一直握著的手，方便的話請還給我好嗎？」

「呃……當然方便，怎麼會不方便呢，喏！給妳、給妳，物歸原主嘛，哈！」

郝仁連忙將手中的斷手遞過去，壓根沒注意到自己竟然能夠自然的握著，真是噁心到極點！

這時，從主屋內傳來一陣清脆的鈴聲。

「哈哈！終於要開飯了！」老者連忙搶先跑進去，一副餓死鬼的模樣。

方馨萍也招呼著：「來吧，我們也一起進去。」

「好，可是……呃……能不能先讓我洗個手？」郝仁尷尬的笑了笑，「不是因為搬了這些東西的原因，是我手髒……對，手髒！」

「嗯，我懂。」方馨萍帶領著郝仁進入屋內，「歡迎來到這裡，你可是我們美屍坊的第一位客人喔。」

「哈哈，真是榮幸啊。」郝仁乾笑了幾聲，拖著沉重的步伐，隨著大美女的腳步走向了敞開的白色木門，胸口不安的情緒越來越高升……

NO. 3

歡迎來到美屍坊

郝仁踏進屋內，由寬敞的客廳往右，經過一條玻璃通道，月光灑進溫暖的色調，讓這裡的一切顯得格外朦朧浪漫。然而，之後來到另一處空間，他頓住腳步，再次被眼前的景象嚇傻——這是一間娘味十足的餐廳，同時也夢幻到了極致。

「哇靠！這房子太誇張了，城堡也不過如此吧。」

一盞華麗的水晶燈從挑高的屋頂垂下，顆顆圓形剔透的珠子流洩出昏黃的光線，餐廳周圍隨意放置各種造型的蠟燭，點點燭光彷彿不小心墜落在人間的星子。視覺上的享受不夠，聽覺也同樣受到禮遇，耳邊傳來悅耳的交響曲調，似乎有一種能夠安定心靈的功效。

郝仁一向和古典樂不大熟，只鍾愛時下流行的 hip hop，什麼貝多芬、莫札特，他最多的印象大概就是不知誰失聰還是瞎了眼，卻能夠譜出千古流傳的動人作品。

「嘖！這世上就是有人這麼屌，像我連學校都待不住，最後落得被老爸趕出家門的窘境……比起那些世人景仰的偉人，我郝仁真是孬種到了極點。」

方馨萍朝著自我解嘲的郝仁招了招手，口氣有些揶揄的意味：「快過來這邊坐啊，順便檢查一下桌上這些菜，是不是用人肉烹調而成的。」

「嘿嘿，別再提人肉的事了，我會這麼想也是理所當然，人之常情嘛，是吧？」郝仁嚥了下口水，隨後拉開了木椅坐在她對面。

郝仁方才想像人肉在鍋內滾燙的畫面仍然記憶猶新，他剛剛才用肥皂洗手洗了不下十來次，掌心只差沒脫去一層皮，然而先前握在掌心的屍手那僵硬觸感，恐怕這輩子都難以忘懷……那種軟中帶硬、滑膩中帶有點……靠！別再想了！

寬敞的中島型廚房，開放感的設計讓餐廳空間的動線顯得流暢；大理石長餐桌上，鋪上一層柔軟的蕾絲布幔，四個白色瓷盤潔白發亮，刀叉也安安穩穩的躺在餐巾上頭。圍在餐桌旁的一共四個人，寧靜的氛圍中夾帶一股不安的情緒。

郝仁歪頭思考著眼前一切脫軌離譜的情況，再者，這娘味十足的餐廳和待在裡頭的人，都有一種令人起雞皮疙瘩的衝突感。

「來，小仁，多吃一點，這是Tony我精心熬煮了兩個鐘頭的南瓜湯喔。」穿著粉藍色圍裙的男人熱情招呼道，順手盛了一碗黃褐色的湯汁推向郝仁面前。

「呃……謝謝，還有我的名字叫『郝仁』，不是什麼『小人』。」

「我說的是『小仁』，不是那個『小人』，你可別誤會喔。」

「哈，隨便啦！我快餓死了。」抵不過胃部飢餓來襲的強烈收縮，郝仁自然的拿起湯匙享用湯品，「哇靠！這湯真不是蓋的，請問Tony該不會是什麼某家五星級飯店的金牌大廚吧？」

「呵呵，謝謝誇獎，我看今晚做夢都會笑。這樣好了，叫你『阿仁』怎麼樣？聽起比較親切。」

「哈哈，隨便啦，你們喜歡就好。」郝仁乾笑幾聲，以為取小名這話題應該早已經結束才是。

「嗯，我覺得叫『阿仁』還不賴。」方馨萍點頭贊同，用餐的舉動格外秀氣。

「還是我的小甜心了解我的心，來，賞妳吃一口我下午烤的迷迭香麵包。」

「嗯，謝謝你Tony。」

「啊～嘴巴張開。」

郝仁睜大右眼看著一雙男女親暱餵食的畫面，不自覺伸手摳了摳貼著OK繃有些搔癢的左眼。唉！原來這位大美女已經心有所屬，害他方才還一度以為自己或許有點機會。

「喂！」忽地，一隻乾枯的老手毫無預警的襲向桌面，老者年紀一大把，還像個任性的頑童，「不給麵包是想餓死我是吧？」

「知道了，都拿去吧。不過爺爺要小心，今天的麵包有點韌度喔。」男人笑嘻嘻的夾了兩大塊麵包過去，態度殷勤得很。

「哼！這還差不多。」老者急忙拿起麵包，不顧鬆動的老牙硬是發狠的咬上一大口。

「嗯……」瓷盤上像是飛禽類的肉品澆上黑褐色醬汁，油油亮亮看來可口極了，郝仁切開一大口送進嘴裡，咀嚼後一股甘甜氣味在口腔內蔓延開來，「好吃好吃！」

郝仁將麵包塞進口中後忽然頓住，被眼前三人之間的關係搞得一頭霧水，於是他好奇的開口詢問：「那個，我剛才已經自我介紹過了，這下應該輪到你們了吧。」

聞言，方馨萍率先開口：「我們家就爺爺、Tony和我，沒什麼特別的，不過關於我們三人的年紀，倒是個不錯的猜謎遊戲。」

「咳，我超不擅長玩猜謎遊戲了。」郝仁搔了搔頭，「呃……意思是……要我猜猜看你們三個人的年紀?」

「嗯。」

「哈!真有趣,也讓我加入吧!如果猜對的話,我會好好獎勵阿仁,要不煮一壺最頂級的藍山咖啡?」身穿粉藍圍裙的男人興奮的附議。

聞言,郝仁立刻皺起眉頭,「咖啡?不要咧,我最討厭喝那種又苦又黑的玩意,對我來說那不是獎賞而是懲罰。」

「喔,不喜歡喝咖啡的話……那就特別再去廚房幫你現烤一隻蝙蝠。」

「再、再烤?」郝仁愣了下,倒抽了口氣,問道:「等等!你是說這盤子裡頭不是什麼烤雞烤鴨之類的,而是烤蝙蝠?」

「嗯,美味吧。」Tony一臉得意洋洋。

方馨萍跟著大力推薦:「烤蝙蝠和炸蟋蟀南瓜湯是我老爸的拿手絕活,通常是不隨便秀出來的。」

「萍萍,別叫我老爸!」

男人平日性子溫和，但只要一在他面前扯到「老」字，他就會莫名失控。

「是，是我的錯。」方馨萍難得俏皮的將湯匙舉高在太陽穴的位置行禮，「阿仁，快來玩遊戲吧，猜對有獎，不過猜錯了就要受罰喔。」

靠！他真是活見鬼了，原來他們二人是父女關係啊，還搞個什麼洋名Tony來裝不熟！這個家詭異得令人發毛，先是莫名其妙遇到老頭，載他回家的路途中經歷一場恐怖的浩劫，再來好不容易來到一間美麗的別墅，卻得知後頭圓形建築物美屍坊內，擺放了被肢解的屍體。

這看來原本就不大正常的一家人，從事的行業也令人咋舌。現在可好，連吃的食物也都如此古怪，什麼蝙蝠肉、蟋蟀南瓜湯的，雖然不得不承認入口時味道令人驚豔，但只要一想到方才喝湯時殘留在口中清脆的口感竟然是炸蟋蟀，郝仁就差一點沒當場吐出來。

天！他還以為那是什麼類似堅果的玩意！

「阿仁，快點猜啊！」Tony看郝仁不說話，忍不住催促道。

「喔，我猜馨萍比我大一、兩歲，所以大概是十八或十九歲。」

「喔喔，你未免太抬舉我了。」方馨萍搖頭竊笑。

「不是嗎？」

「我今年滿二十七了，叫我馨萍姐也OK。」

「蛤！真的還假的？我還以為妳跟我差不多大咧！」這答案著實讓郝仁吃驚，二十七歲？比他大姐大上四歲。幻想破滅！他個人是不排斥姐弟戀啦，不過將近十歲的差距那就不大樂觀了。

粉藍圍裙男人Tony清了清喉嚨，一臉期待的模樣，「換我了，快點猜猜看我幾歲！」

「這個，讓我想想啊……」郝仁歪了個嘴說道：「如果馨萍姐二十七歲的話，Tony哥又是她爸爸……那我猜大概五十五左右好了。」

「什麼？五十五！」Tony聽了差點沒昏厥，「你你……你說五十五，喔！我快不能呼吸了！」

「別激動啦Tony哥，我是以我老爸的年紀來猜測，我爸五十三歲左右。」郝仁察覺情況似乎不大對勁，立即修飾回答：「但若單純以外表來看的話，我覺得你和馨萍姐差不多大，嗯，看起來不過才三十出頭吧。」

這的確是郝仁的真心話，方才他還一度以為兩人是登對的情侶呢，不過這位叔叔身上穿的圍裙，粉嫩得令人不敢恭維。

「三十出頭啊，啊哈哈……」聽到這個數字，男人又立刻活了起來，「我就說我怎麼可能那麼老嘛，哈哈……我可是花了很多心血在保養呢！」

「馨萍姐，我看妳就直接跟我說爺爺的年紀吧。」這遊戲著實讓郝仁冒出一身冷汗。

「好吧，這就是我們家人年紀有趣的地方。我爸爸名叫方勤克，不過他堅持要我們叫他Tony，他今年四十四歲，因為年少輕狂，四處拈花惹草，十七歲就有了我這個女兒。爺爺名叫方群，去年慶祝八十五大壽，因為晚婚，所以四十一歲那年才有我爸爸這個兒子。」

「嗯嗯，原來是這樣喔。」郝仁理解的點頭，不過這家無奇不有，關於年紀的事其實已經沒什麼好驚訝的了。

這時，一隻銀色貓咪毫無預警的躍上桌面，寶藍色眼珠直直看向郝仁，神情看起來似乎不大友善。

「喵——」

貓咪尖銳的叫聲充滿了攻擊力，讓郝仁嚇得往後退，背脊緊靠在椅背上喘息，握在手中的叉子跟著墜落。

「王子，不能對客人無禮喔。」方勤克壓低聲音警告。

只見貓咪豎起的耳朵緩緩垂下，沒趣似的舔了舔腳掌後跳向窗檯，踏著慵懶且高傲的步伐離開。

「那隻貓是你們家養的喔？」待貓的蹤影從窗戶邊消失，郝仁這才收回好奇的視線，讚嘆道：「牠還真是漂亮，特別是那柔順的毛髮，銀得發亮。」

「很美吧！那種光澤彷彿是夜晚的月色灑落在雪地的銀白。」方馨萍目送漸遠的王子有感而發，「我也不清楚王子到底算不算我們家的一分子，牠並非時常出現，今天現身應該是來瞧瞧家裡的新面孔吧。」

「原來那隻名叫王子的貓跟某人一樣任性嘛。」郝仁意有所指的說著。

「呵，我懂你的暗示。」方馨萍笑著點頭，忽然想起了什麼，問向方群：「對了爺爺，我今天在縫合 00724 貨物時，一直找不到他的無名指。」

方群抬起皺乾的臉龐，露出心虛的模樣，「幹嘛問我？妳當爺爺我是小偷喔？」

「爺爺，你的表情看起來很可疑喔。」方馨萍起身走了過去，彎下身子懷疑的瞇起漂亮的眼眸，「快把 00724 的無名指交出來！」

「沒拿就是沒拿，東西不見不會去、去問妳爸。」方群結巴的指控道。

「我？」方勤克食指激動的比向自己，「跟我一點關係都沒有！千萬別扯上我喔！」

男子從不反對家人從事什麼行業，就算漂亮別墅後頭的美屍坊簡直是座小型的停屍間也無妨，畢竟每個人都有追求自我生活的權利，就像他方勤克，一個頂天立地的大男人活躍於美容界，什麼 SPA、敷臉、雕塑曲線等都是他的專長，烹調也是他的拿手強項，就連家裡面許多可愛的拼布窗簾，也都是出自於他的巧手。

「等等！請問馨萍姐在找的那無名指，該不會是整個全黑，像是細長的木炭，大約七、八公分左右長？」郝仁隨意提出疑惑。

「嗯，00724貨物是在火災中喪命，我還得用特殊植皮技術還他完好的皮膚，花了整整兩天的時間都在忙這個，只差右手的無名指就可以交貨……對了，阿仁，你會這麼問，表示曾經看過？」

「這……」郝仁看了看方馨萍後，視線刻意轉向方群。

「臭、臭小子，你看我幹什麼！」方群急忙大喊，真是此地無銀三百兩。

「爺爺，快把00724的無名指還給我。」方馨萍雙手扠腰，表情認真的勸說。

「我根本沒拿，妳別聽那臭小子亂說。」

「我發誓沒胡說，之前確實看到老頭把它當牙籤咬在嘴裡頭。原本以為只是木炭，結果竟然是死者焦黑的手指，你這老頭簡直是變態！」

不，住在美屍坊的所有成員全都是變態！老頭、老頭的兒子、老頭的孫女，還有那隻臭屁的銀貓王子……看來他得想辦法逃離這裡才行！

「爺爺，最後一次警告囉！再不把東西交出來，我就把你蒐集的懷錶全拿出來欣賞、欣賞。」

「不是說後天才要交貨嗎？這兩天妳就睜一隻眼、閉一隻眼，讓我留著玩玩嘛。」方群咧開嘴笑得賊兮兮，直接承認了這事。

「喔喔……藏在地下室的懷錶我數過一共八十五只，聽說全都是價值不菲的寶物，如果我拿去捐給慈善機構做公益……」

「閉嘴！一個都不准給我送出去！」方群猛然打斷孫女的威脅，不情願的從口袋中掏出贓物，「拿去、拿去！小氣鬼，讓給爺爺玩一下會死喔！」

「死是不至於啦，但爺爺殘留在無名指上的口水乾了後會發臭，這點倒是會影響我工作的心情。」

「啐！貧嘴。」方群抖動著他的老腿生悶氣。

這時，郝仁趁一片靜默鼓起勇氣開口：「請問吃飽飯後我可以回去了嗎？還有，我該怎麼回去？」

要不是太過不禮貌，最後他甚至想冒昧的問：你們是人類嗎？

不過認真想想，就算他現在想離開也無家可歸了，以他那強烈的自尊心加上父親冷酷的臭脾氣，湊在一塊兒永遠處在緊繃狀態，倒不如暫時分開的好，反正再差還有公園可落腳嘛。

「什麼?回去?」方群看向前方一張防備的年輕臉孔，乾裂的嘴角驀然揚起了奸笑道：「既然來了就待個幾天吧，何況剛才不是說了，猜謎遊戲猜錯的話要受到懲罰。」

「什、什麼懲罰?」郝仁忽然有一種不祥的預感。

「哈哈……當然是……」

方群站起身，拿起矗立在一旁的金色枴杖，猛然往前一伸指向郝仁的鼻頭，老嘴緩緩吐出了答案——

「收屍!」

◆※◆※◆※◆

小貨車熄火停靠在私人醫院的停車場，郝仁下車打開後頭的貨櫃箱，拉出推車，並堆上數個大小不一的木盒。

「靠！我也太白目了吧，竟然答應老頭幫忙收屍！」

昨晚因為盛情難卻，郝仁被那古怪的一家人留宿在那美輪美奐的別墅中。

二樓靠山的客房裝潢雅致，不！根本是極致奢華，King Size柔軟大床鋪上絲綢滑順的床單，寬敞的衛浴間是他家裡房間的兩倍大，一開始躺在大床上郝仁還胡思亂想，以為自己會碰上什麼驚悚之事，不過看來是他多慮了，眼睛閉上後根本就是一夜好眠，早晨甚至是被窗邊灑落的溫暖陽光喚醒的。

郝仁推著卸貨車，來到位於私人醫院後方太平間外的管理室，狹小空間開了一處可通話的窗口，從這方向看進去，裡頭的擺設十分簡單，一張鐵桌、一把木椅，桌上一臺小型電視螢幕，正轉播著美國職棒大聯盟的球賽。

「幹！又讓人家盜壘成功，這些人是不是白痴啊！」

警衛身穿藍色制服，年紀約莫四十出頭，體格雄壯威武、面色蒼白，長相說實在頗為猙獰，此時此刻正全心投入在球賽中。

「咳、咳，先生你好，我是美屍坊派來的人啦，請問一下……」郝仁故意咳個幾聲希望引起對方注意，「我名叫郝仁，想請問一下有關……」

「馬的！到底會不會揮棒？小心我找人把你們的屁眼給踢爛！」

見警衛實在太過沉迷比賽，郝仁無奈的輕敲了敲窗戶，「這樣好了，先生，如果你忙的話，我就不打擾，直接進去了。」

出門前方群交代要向警衛領取識別證後才能進去太平間，不過他可沒那閒工夫繼續跟這不盡職的警衛耗下去。

當然，回應郝仁的又是一連串飆出口的髒話。

「編號00725，冰櫃的顏色是靛藍紫。」郝仁乾脆直接闖進太平間，喃喃重複了一下方群交代的事項，希望一切順利完成。「據說這組編號代表著美屍坊處理屍體的件數，此案件女性死者連三十歲都不到就這麼意外喪生，說實在還真可惜啊。」

同時間，郝仁突然想起早餐時一段難忘的對話——

「馨萍姐，妳在替屍體進行美容時，都不會想知道死者的身分和過去嗎？」

「從事這行最好不要投入過多的感情以免遭惹麻煩，只要依照家屬的要求將死者屍體組合，至於其他的就跟我們沒關係了。」

「如果是我肯定會追問到底，有關死者的死因啦，或者生前有沒有什麼特別的喜好。比如說以前因為自己的鼻子太塌感到自卑，那我就幫忙把鼻子墊高一點；或者生前來不及割雙眼皮，至少死後能達成願望之類的。」

「人死了就是死了，就算過去有什麼願望都已經無法達成，屍體漂亮有何用處？又有誰想看？」

美麗的馨萍姐表面上看起來溫和，但這刻卻顯得冷靜無情。

「喔，我以為美屍坊的意思是幫助屍體變漂亮才對。」

「那是爺爺取的名字，對我來說沒任何意義，再說將四分五裂、殘破的屍首回復完整的模樣，這已經算是功德一件了，不是嗎？」

「哈，也對啦。」

雖然心中仍有疑問，但郝仁還是選擇識相的閉嘴。而當時他忽然有一種感覺，馨萍姐冷漠的眼神似乎閃過一抹稍縱即逝的落寞……難不成她曾經遭遇過什麼不為人知的痛苦？

「哎呀！暫時別想那麼多了。」郝仁甩頭揮去腦中混亂的思緒，「現在最要緊的是進太平間裡完成任務，然後回去好交差。」

郝仁以前曾經在電視上看過替屍體化妝這類的行業，不過實際體驗，除了好奇外還是毛骨悚然的成分居多。方群說如果這次願意幫他來太平間收屍的話，回去就讓他見識方馨萍替屍體修補的高超絕技。

「天啊！我到底是哪根筋出了問題，竟然還真的發自內心很想參觀咧！頭殼是不是燒壞了？」

郝仁邊走邊打量周圍的環境。這裡真不愧是暫時放置屍體的太平間，都還沒走至冰櫃區，就已經感到一陣寒意向身體襲來，上下排牙齒開始猛烈的碰撞了起來。

「媽啊！還真嚇人。」

原本太平間給人的印象就已經夠陰森的了，郝仁沒想到真正身歷其境後，不算小的膽子差點沒被嚇破。

「這家私人醫院也真夠妙了，就不能試圖營造一點溫馨的氣氛嗎？室內空間不夠明亮也就算了，看看他們用的是什麼綠色燈光，詭異的光線打在皮膚上，形成一種嚇人的慘白色調。」

郝仁說著說著，忽地一道影子閃進了眼簾。

「啊——有、有鬼啊！」

才剛右轉，郝仁便立刻被出現在壁上的影子狠狠嚇了一大跳。

原來是鏡子反射，加上綠色燈光打下來，害他還以為是遇到什麼厲鬼之類的，不由得拍拍胸膛鬆了口氣。

「馬的！太平間裡還放什麼鏡子，給誰照？鬼喔？」

郝仁原本以為自己應該不怕鬼，畢竟從十歲開始身旁便跟了八位鬼老婆，但是沒想到隻身來到太平間，獨自面對這般詭異的環境依然感到恐懼，心跳頻率異常快速，皮膚甚至滲出冷汗。

「老婆，妳們到底跑哪兒去啦？聽到快出來，快啊～」

郝仁壓低嗓音呼喚，如果這時候有她們在身旁守護，他應該會心安許多。怪了，平時她們幾個跟屁蟲黏他黏得要命，除非他發火才會暫時消失不見，否則通常是趕也趕不走的狀況，今天怎麼都還不見她們的鬼影呢？

「我看只好等……那、那是什麼聲音？」郝仁猛然一驚，隨口飆出一連串能夠想到的髒話，「幹！我咧你個○○╳╳……」

聽說遇到鬼的當下，只要罵出髒話便能驅走它們，管他這招到底有沒有用處，郝仁決定先罵再說。

「哈，原來是卸貨車的聲音。糗爆了！」

當推車經過鐵板斜坡處發出的喀啦聲響，在寬廣的空間發出了空靈的迴盪，發現這回又是自己嚇自己，郝仁再度鬆了口氣，緊繃的神經收了又放，來回幾次後身心靈感到疲憊不堪。

「靠！這真不是人幹的工作，老頭的勇氣可真不小，不得不開始佩服他老人家了。」

越往裡頭走去，視線就越不明朗，逼得郝仁不得不開始幻想自己擁有一盞巨大的照明燈，瞬間照亮整個太平間，好讓他趕緊找到方群指定的冰櫃，然後頭也不回的立刻閃人。

「靛藍紫，他媽這到底是什麼怪顏色啊？以裡頭這種昏暗到不行的照明設備，如果我真能分辨，就要跪下來謝天謝地了，更何況現在只剩一隻右眼在硬撐。」

郝仁昨晚拆下OK繃後，便開口向方馨萍要了塊紗布，當她詢問情況時，他也只是支支吾吾含糊帶過。

「唉，要我怎麼解釋呢？若說自己本來被石頭打到而受傷的左眼，因為我那八位鬼老婆的魂魄進入而搞得更糟……這話說出口包准他們恥笑到底……呼，真是冷死人了，我可不要被凍死在這裡啊！」

郝仁往前走了會兒後停下腳步，認命的將繫在腰上的夾克解開穿上。那是方群提醒他帶的，當時他還非常瀟灑的回答：「怕什麼，我郝仁從來不知道什麼叫冷。」

現在可好，郝仁不僅是沒骨氣的把夾克穿上，甚至還將拉鍊拉到最頂端，連脖子都照顧周到。

「別怕、別怕……郝仁你行的！」郝仁不斷低聲替自己打氣，並深深吸了口氣調整情緒，福馬林的怪味就這麼一股腦的盈滿胸腔，「靠，臭死了！要不是老頭說戴口罩對死者不夠尊敬，否則我絕對會戴上五、六層，最好拿個防毒面具來隔絕裡頭的怪味！」

有時候他不得不想，方群是不是故意騙他，看他是菜鳥所以好唬爛。

「好了，快點找冰櫃去吧。」

郝仁雙手緊握推車手把，睜大右眼勇敢踏出步伐，甚至在心裡哼起正氣凜然的國歌助陣，但萬萬沒想到驚悚的情況緊接著發生——

後方傳來一陣急促的腳步聲，不偏不倚的往他的方向靠近，隨後右肩襲來一記真實且警告意味濃厚的力道！

「啊——救、救命啊！」這下郝仁再也忍不住，壓抑在心口的恐懼感隨即爆發，「媽呀！救救我！」

他發誓此時此刻迴盪在太平間內的尖叫聲，是他這輩子最為慘烈的一次。

「叫屁啊！還不快點給我閉嘴！」

一記強大的力道猛然襲向一顆因懼怕而晃動不已的頭顱，這才讓失了魂的郝仁停止歇斯底里。

「你、你誰啊？幹嘛在這邊嚇人！」

郝仁才轉身，映入眼簾的中年男人雙手環胸瞪視著他，一臉抓到笨賊的模樣。中年男人身上穿著和方才待在管理室內、破口大罵球賽的警衛一樣的制服，不過纖瘦的體型實在和之前那位相差甚遠。

「我才要問你這小子在這裡幹什麼勒！拿出你的識別證讓我看看。」警衛攤開掌心伸了過去，仰望著足足高了他一個頭的郝仁。

「識別證？沒有耶！剛經過管理室，裡頭的警衛不鳥我。」

「警衛不鳥你？」中年男子挑了下眉，操了一口廣東腔：「廢話，我要怎麼理你？剛才不過下來方便一下，就被你這小偷隨便闖進來。」

「我不是小偷！剛才管理室裡，真的有一位和你穿同樣制服的警衛在看球賽，我叫了他好幾次都不回應，所以才自己進來的。」

「啐！我聽你在放屁！你大白天看到鬼喔，什麼警衛在看球賽，這裡的警衛就只有我一個。」

「我是跟你說真的，OK？」

「我還跟你說假的，少給我來這一套，說！你這小偷來這裡幹嘛？想偷東西偷到太平間來，你他媽給我有骨氣一點！」

「誰是小偷啦？我是美屍坊派來的人，要來這裡搬一些……呃，你知道的……往生者的……那個……」

「蛤？你是美屍坊的人？」警衛用狐疑的目光將郝仁從頭到腳打量一番，然後視線移至左前方推車上的熟悉木盒，再將注意力轉回郝仁身上，問道：「所以說，你是方叔的徒弟？」

「……徒弟？」郝仁不解的眨了眨右眼，聽到現代人使用這類古老的名詞而感到好笑，「嘿，應該可以這麼說啦。」反正他也懶得解釋自己和方群的關係。

警衛搓了搓下巴，說道：「這就怪了，聽說方叔從來不收徒弟的，怎麼會突然改變心意？看來你這小子應該很有實力喔……」

警衛原本訕笑的眼神一變，似乎多了分讚賞的意味。

「哈！好說、好說。」郝仁搔了搔頭、乾笑幾聲，實在搞不懂對方所謂的「實力」指的為何。

「還有，你的眼睛怎麼了，跟人打架？」

「喔，這個啊……」郝仁輕撫了下被紗布覆蓋的左眼，表情顯得略微尷尬，「嘿嘿，這個啊說來話長……」

他實在佩服眼前這位警衛，竟然能夠悠遊自在的站在太平間裡和人閒話家常，畢竟這裡又不是公園或者騎樓，而是擺放著許多不知名屍體的詭異空間。

「哎呀呀！我懂、我懂，像你們這種高人，通常一定都有很多秘密啦！」警衛向前抬高手拍了拍郝仁的肩膀，了然於心的猛點頭道：「其實不想說也沒關係，不勉強，哈哈哈哈哈……」

「啊哈哈……是啊、是啊。」郝仁跟著乾笑了幾聲。

「那我就不打擾你工作，快去忙吧。還有，既然是美屍坊的貨就不會在這邊，那些貨通常被放在地下三樓。」

「好，知道了。」郝仁難受的吞了下口水，喉嚨乾澀搔癢。

這些人還真是莫名其妙，像是把屍體當成什麼電宰豬肉一樣，什麼貨不貨的，聽了真讓人覺得不舒服。如果身為死者地下有知，肯定會想爬起來找他們理論一番。

「等等，這位大哥，能不能幫忙指示一下，我該怎麼到地下三樓？」

「喔，這簡單。你向前走十公尺左右，看到一塊黃色的布幔，拉開後就會看到一座大電梯。」

「布幔？為什麼電梯前面要用黃色的布遮蓋住？」郝仁忍不住好奇詢問。

「哼！這家醫院的生意一直不好，董事會就私下找來聽說很靈驗的臭道士作法，結果說什麼太平間裡面遭到惡靈進駐，更扯的還說電梯是惡靈出沒的通道，所以要用他們特製的黃布來遮掩。你別小看那條破布，據說將近百萬咧，根本是胡說八道！」

「百、百萬？那條布是用黃金做的吧？那後來咧，醫院的生意有真的變好嗎？」說不想閒聊，結果郝仁自己倒開始好奇了起來。

「嗯啊，你沒看我們醫院太平間的冰櫃每天都是客滿的?害我有時候忙到想偷懶都不行。」

「喔，那條布還真神咧。」

「唉唷~不聊了。我得趕快上去，不然被醫院裡的人知道我偷懶，肯定會要我滾回家吃自己。」

「好，你去忙吧，大哥謝謝啦!」

郝仁揮手，目送一道慌忙離去的背影，方才熱鬧的景象不見，此刻的靜謐反而更顯得清冷、空虛。

「媽呀!好像越來越冷了，快點找到電梯吧。」

NO. 4 第一次菜鳥任務

郝仁伸手將布簾拉開，映入眼簾的確實是一座大電梯，然而奇怪的是電梯門竟是透明玻璃。

「真的假的？一般大樓使用透明電梯是方便讓乘客觀看外頭的風景，那麼太平間裡需要透明電梯，又是為了什麼？我看設計的人肯定腦筋秀逗。」

詭異。

郝仁瞇起右眼找到按鈕，待電梯大門敞開後，便推著卸貨車進入。

此部電梯專門設計用來方便搬運冰櫃用，因此裡頭的空間寬廣，站上二、三十個人都不成問題；並且為了安全起見，開關門的時間刻意拉長，即便已經壓下關門按鈕，郝仁還是得等上好一陣子。

「靠！是要等多久？」等待的時間，郝仁的視線不經意由電梯內往外頭的方向看去，除了一片昏暗的詭異綠光外，其中一盞燈光還突然閃爍了起來。「是接觸不良、接觸不良的關係……沒錯，不過就是接觸不良……郝仁你要挺住！」

郝仁不斷喃喃自語的說服自己，只是禁不住腦海裡胡思亂想，他想起警衛大哥說什麼電梯是惡靈出沒的通道，方才聽還不覺得有什麼，但現在卻越來越覺得胸口湧入了某種難以言喻的沉重壓力。

「蓼蓼……蓼蓼……蓼蓼……」

鼓譟的聲響傳入耳際，那是因為恐懼而越發狂妄的心跳。郝仁好不容易等到電梯門緩緩闔上，以為自己終於能夠和外頭陰冷昏暝的空間隔絕，卻忘了那只是一層不算太厚的透明玻璃門。

「他媽的實在太詭異了！我看我永遠無法了解太平間的電梯門究竟為何要用透明玻璃！」

標示樓層的按鈕逐一發亮，郝仁微微喘息著，在靜謐的空間內，哪怕是呼吸都顯得大聲，以往搭電梯只覺得方便迅速，卻沒想過會像今日這般煎熬。

每下降一層，郝仁便忍不住偷偷抬眼瞄了一下，老頭的介紹跟著浮現出腦海。

B1：

冰櫃數目最多的一層，放置被暫時送至此處的屍體，大多是安詳的在醫院斷氣的病患。

廣大的空間呈現灰藍的螢光色調，雖然經過的時間只有短暫幾秒，但那森冷的氛圍，就足夠讓人感到壓迫了。

B2：

此層放置的屍體大多具爭議性，比如生前牽扯到還未釐清的案件，或者和醫院發生糾紛，得暫時保留無法入土，或者無人前來認領的可憐死者。

郝仁再偷覷了一眼，立刻收回視線，或許是因為這樓層充斥著揮之不去的怨氣，空間的色調是那種深不見底的暗黑，好像一不小心靈魂就會被吞噬進去般。

「叮！」

電梯終於到達目的地。郝仁提心吊膽的推著車走出電梯門外，放眼望去和上面的樓層分外迥異──

恐怖至極！

這裡黑暗嗎？不，這裡是一處明亮乾淨的空間，高級的宛如五星級飯店的豪華大廳，貼上鈴蘭花壁紙的牆面上掛了幾幅名畫，光潔的大理石長廊邊那珍貴瓷器的花瓶內，放了一束純白的香水百合……

這一切美好的畫面原本應該是種享受，但現在，卻簡直讓郝仁錯愕到了極點。

「不會吧！確定這裡真的是擺放屍體的太平間喔？」郝仁不可置信的揉了揉右眼，為了壓抑住胸口不安的躁動情緒，他不斷重複方群的交代：「編號00725，靛藍紫的冰櫃。編號00725，靛藍紫的冰櫃……」

長廊快要走到底了，移動的步伐暫時打住，郝仁的目光被左右兩扇相對的鐵門吸引了。鐵門緊密的關閉著，金色門把上貼著兩條交叉狀的黃色封條，封條上是血紅色的草寫字樣，有點類似符咒般的神秘封印，不知鐵門裡頭到底有些什麼，真是詭異得要命！

「快走，別逗留！」

郝仁試圖加快腳步，但雙腳卻彷彿被鐵鍊鏈住，拖著錨般的沉重，他總覺得繼續待在兩扇鐵門間，似乎會遭遇什麼不測。

夾腳拖鞋和推車滾輪在光可鑑人的大理石地板上摩擦，讓沉悶的空氣中偶爾發出刺耳的唧唧聲響，終於郝仁來到一扇沒有門的空間，放眼望去室內約莫五坪大。

「靠！害我拚命背得要死，根本不需要記住編號，因為裡頭只有這麼一個冰櫃嘛！」郝仁將卸貨車推進去，還是確認一下上頭的編號和顏色，「沒錯，是00725，靛藍紫冰櫃。喔，原來靛藍紫長這副模樣。」

他蹲下身軀將推車上幾個木箱放置於地面並打開，然後起身吞了下口水，心想既然要移動死者的屍體，還是應該禮貌的先請示一下。

「呃……妳、妳好，我是美屍坊派來的人，那個……」郝仁喉結滾動了下，繼續支支吾吾說道：「我呢，準備要搬運妳的大體，請多多配合，如果呢……有冒犯之處還請見諒，我保證會盡量小心的。」

語畢，郝仁還不由自主的深深鞠了個躬，他也不清楚搬運屍首究竟有沒有什麼禁忌，不過基於尊重，報備一聲應該是必要的。

「抱歉，我、我要開始了囉。」郝仁輕聲朝冰櫃請示了下，然後才動手打開蓋子。

這個冰櫃比起其他而言，尺寸將近大了一倍，甫開啟一道冰冷的白煙就這麼噴灑而出，郝仁下意識的暫時停止呼吸，有點害怕聞到那股陌生的氣味。

「四肢的部分放在一盒，軀幹則放在長型木盒中……」

郝仁依照方群的吩咐，一一將被分解的屍體小心放入帶來的木盒內。

據說這些不是普通的木盒，而是經過高科技處理的特殊箱盒。方馨萍仔細對郝仁解釋過，好像說是什麼防止屍體腐壞發臭之類的，一些專業名詞聽得他當時好想打瞌睡，並在心裡嘀咕著：「如果我全部都能聽進去的話，以前在學校考試分數就不會這麼差，搞不好也不用淪落到被趕出家門了。」

「嗯，腳有了、遭砍斷的手指、扭曲的頸部……該有的都有了，趕緊確認收好，我呢就要以跑百米的速度衝回電梯上樓去，逃離這鬼地方。等等，頭咧？頭怎麼不見了？」

郝仁彎下身子，手伸入冰櫃裡猛撈，裡頭確實已經空無一物。

「該怎麼辦？老頭吩咐少了其中一樣都不行，更何況是重要的頭顱。」

正當郝仁躊躇不安，不知該如何是好的當下，耳邊忽然傳來一道詭異的聲響。那聲音郝仁並不陌生，似乎曾經在哪兒聽過……

對了！有一次傍晚放學回家在客廳裡睡著，因為太累跌至沙發和茶几間，而後不知過了多久卻莫名在一陣喘息和陌生的音調中驚醒，後來才發現，原來是大姐和她的男朋友在接吻，當時那四片嘴脣相濡以沫，加上舌頭相互糾纏的濕潤聲響……啊不就和現在聽到的聲音幾乎一模一樣！

「太平間裡哪來這麼A的聲音，幹！我是不是出現幻聽啦？」

郝仁沿著發出聲音的方向膽戰心驚的緩步走去，心裡雖然懼怕卻依然想把事情搞清楚，同時手伸向一片落地的酒紅色垂墜布幔，刷的一聲將它拉開。

「喂！你你你！」眼前的情景，讓他一時間說不出話來。

一名長髮及肩的俊美男子，慵懶的坐在鋪上毛毯的地面，背脊依靠著牆，雙手正溫柔的捧著一顆長髮頭顱，靈活的舌尖竄進對方微開且僵硬的脣間探索著。

「幹！你竟然在跟死人接吻！」

◆※◆※◆※◆

「要不要我對天發誓，現在我郝仁所說的每一句話都是真的！」

「哎！好了好了。」方勤克拍了拍郝仁弓起的肩膀勸說：「其實能順利把爺爺交代的任務完成，已經值得讚賞了，阿仁，你就沒必要再加油添醋了。」

「什麼加油添醋，我是實話實說，怎麼沒人相信啦？靠！」

「好好好，這事我們明天再說，先進房間去好好沖個澡休息，你今天應該也累了。」方勤克好言勸說，並施力將情緒稍嫌激動的郝仁推進客房內，「爺爺的脾氣本來就比較任性，老人家嘛，有時候說話比較直，你呢就看在我的面子上，體諒一下，多讓讓他吧。」

聞言，郝仁才終於平息怒氣，「喔，知道了，其實可能我也太衝動了啦……那Tony哥晚安。」

關上房門後，郝仁頹喪的身形沉重的往內移動，碰的一聲就這麼隨興倒坐在地，背脊倚靠著床沿。

「馬的！他們全家還以為我在唬爛咧！」

他今天回來迫不及待想要跟大夥兒分享，並在餐桌上激昂陳述在太平間的特殊際遇，特別是那位和死人接吻的變態。結果一家人全把他當瘋子看待，還以為他自導自演唱作俱佳，特別是方群檢查木盒後，還斥責他不夠小心，害 00725 的頭顱產生新擦撞的痕跡。

「靠！太衰了。」

他據實以報卻遭來方群訕笑，收屍渾身發毛的痛楚尚未得到安慰，他一時氣不過便回嘴，結果那任性的老頭竟猛然將水杯裡的果汁潑向他，接著兩人就在客廳裡演起全武行。

「真的假的？那老頭不是八十多歲？需要搬東西的時候駝著腰，還在那邊靠夭這裡痛、那裡痛的，怎麼一打起架來，就像頭健壯的蠻牛！」

要不是方勤克和方馨萍費力將扭打在一塊兒的兩人分別架開，郝仁此刻身上必定傷痕累累。郝仁舉起雙掌，用力的耙抓頭髮並低吼了聲，他痛恨那種被人誤會胡說八道的感覺，這種悶虧他可是從小吃到大，實在是受夠了！

「碰！」

忽地，一道突如其來的聲響抓住了郝仁的注意力，他防備的環視了下房間每個角落，今日一趟太平間之旅，已經害死身體不計其數的細胞。

「靠！王子，原來是你這隻臭貓，我還以為什麼鬼勒！」郝仁拍了拍胸口安撫躁動的情緒，「好在出現的是你，否則這副狼狽模樣讓其他人看到，肯定糗爆。跟你說，我現在神經超脆弱的，你可別隨便出來嚇人啦。」

「喵～」

「過來這裡吧，王子貓。」郝仁招了招手熱情呼喚，「哈！聽起來很像王子麵的兄弟咧，不過聽起來親切多了對吧？」

「喵～」

只見王子踩著高傲的步伐沿著窗檯緩緩走了幾步，還在室內其中一盆香草盆栽邊蜷縮著身軀，擺明了生人勿近的態度。

「OK，王子嘛，高貴到不行，怎麼可能隨便放下身段呢？」郝仁自嘲並收回那伸出的熱情雙臂，「不過既然你都來了，要不要順便聽聽看我今天的遭遇？雖然驚恐卻也超級精采的。」

王子躺在原處不動聲色，一副懶洋洋的模樣，然而兩隻耳朵卻驀然豎了起來。見狀，郝仁便自行解讀為對方願意聽他囉嗦，於是就這樣娓娓道來……

「說真的這事超扯的，我在太平間的地下室，撞見一個超級大帥哥，看他那深邃的五官肯定是混血兒，不過那不是重點，重點是這人竟然在和屍體接吻咧！超噁的！」

「喵～～」王子似乎對此話題感興趣，仰頭長嘯了聲。

「哈，王子貓，你相信我說的話對吧？」郝仁很高興得到這般回應，雖然對方只是一隻不知是否聽得懂人話的貓。

「喵～」這回王子乾脆跳下窗檯，非常難得的加快步伐來到郝仁身側。

郝仁似乎感應到了王子的催促，不由得將故事繼續說下去：「我依照老頭吩咐，一一把分解的屍體裝進木盒，可是怎麼數就是少了一顆頭，當時只差沒跳進冰櫃裡翻滾。結果就在這個時候，你猜我聽到什麼聲音？」

「喵～喵～」王子似乎越聽越起勁，高傲不屑的眼神不再，取而代之的是一雙水汪汪的眼眸，宛若兩顆珍貴的藍寶石般閃閃發亮。

「那是接吻的聲音。我當時好奇得要命，趕緊順著聲音走過去拉開厚重的布幔，看到的就是那個帥到不行的怪咖雙手捧著頭顱，正熱情的在和屍體接吻！」

「喵！」這叫聲聽來帶有點驚嚇的味道。

「很噁心對吧？我只要一想到當時的畫面，就覺得超級反胃。」難得有聽眾願意傾聽，郝仁抓緊機會一股腦的傾吐，並將蹲坐在身側的貓咪撈來大腿上，有一下沒一下撫摸牠柔順的毛髮。

「然後啊，我當場嚇得大叫，結果那怪咖竟然還不放過屍體，當著我的面再次吱吱作響的吻了好幾下後才放開，抽出的舌尖還忘情的舔了下嘴角，一副意猶未盡的模樣，最後還不大高興的回我一句：嘿！你打擾到我們了。」

「喵嗚！」

「沒錯，噁到爆！我立刻回他：幹！你這白痴才嚇到我了咧！」

「喵？」

「你說那怪咖是人還是鬼?」郝仁嫌惡的摳了摳後頸發痲的肌膚,說道:「對喔,當時我壓根沒想到這重點。馬的!現在想起來雞皮疙瘩掉滿地,那人該不會是色鬼吧?而且還是個酒鬼,渾身散發出超濃的酒味。」

「喵~喵~」

「別急,聽我說下去啦,後來我跟那位大帥哥解釋,說他手中捧的那顆頭,是我被派來收屍的其中一部分,所以麻煩他還給我。他聽了便站起來,沒知會一聲就把頭拋向我這裡,我一時反應不過來還躲開,害得頭顱掉到地面上,連滾了好幾圈。好在那個區域鋪上厚厚的毛毯,否則後果一定不堪設想。我仔細檢查沒發現異樣,但沒想到精明的老頭,竟然察覺到有擦撞的痕跡,於是就不分青紅皂白把我罵個臭頭。」

「喵!」

「你問我為何不好好解釋?幫幫忙,說到這個我就一肚子火!」郝仁握緊拳頭搥了下柔軟的床墊發洩,「我該說的都說了,可是大家都把我當白痴看。只是我都還沒解釋完就被老頭打斷了,甚至譏笑一番,笑我編故事的能力爛。」

「喵～」

「謝謝你這小東西替我打抱不平。不過算了，只要王子貓你肯相信我就行了。」郝仁揚起嘴角，手指捏了捏牠的背脊處按摩，「我這人是不是有病啊？怎麼有種找到知己的感覺，哈！」

這時，王子忽然伸出前腳，往郝仁貼著紗布的左眼方向搔了搔，歪著牠那小巧的頭一臉困惑。

「喵？」

「喔，你問這個啊……我的眼睛受傷了，就是在遇到老頭那天發生的事。這說來話長了……」反正有聽眾，郝仁便口沫橫飛的訴說整個事情經過：「……結果呢，我一時氣不過，用腳踢了顆石頭，扯的是不知是不是石頭飛回來打中眼睛，再加上我那八個鬼老婆胡鬧，當下我痛得差點沒哭出來。但有一點我到現在還是搞不懂，那天明明有一棵超大的榕樹在那邊，怎麼會突然消失不見呢……」

「喵喵！」

「蛤？你想看我眼睛？可是我怕你看了會嚇得屁滾尿流咧！昨天照過鏡子，眼睛雖然沒瞎，卻紅得跟什麼一樣，我就是怕人家看了覺得恐怖，乾脆用紗布遮醜。」

「喵。」

見王子前腳頻頻有動作，一雙藍寶石般的眼中盈滿了期待，郝仁也只好舉白旗投降，緩緩撕開膠帶，紗布連同離開了左眼，「是你自己說要看的，到時候可別怪我嘿。」

語畢，他緩緩睜開眼眸，許久未接觸到光線的左眼因為不適眨了又眨，終於，眼前的視線逐漸變得清晰。

「喵！喵喵～～」王子仰頭長嘯了聲，音調聽來有些懼怕。牠跳下郝仁的大腿，嬌小身軀一步步的往後退卻。

「怎麼，王子貓，你也太不夠意思了，躲那麼遠幹嘛？我的眼睛又不會把你給活活吞掉，你可別把我當怪物看喔！」雖然王子的反應讓郝仁受傷，但天性中的惡作劇因子作祟，他腦筋靈機一動，道：「嘿嘿……過來，讓我用這隻可怕的紅眼解決你這隻王子貓！」

郝仁雙膝跪在地板往前爬行，手指伸向左下眼瞼使力往下一扯，讓火紅的左眼球更加突顯。

「喵——」這可是貨真價實的狂吼。

「噓——小聲點，別把其他人吵醒了，你是要我被老頭砍喔！」

「喵！」王子身上的銀毛防備的豎了起來，根根分明有如千萬根細長的針，接著牠以迅雷不及掩耳的速度躍上窗檯，飛也似的鑽入窗戶開啟的小縫慌忙逃開。

「喂！膽小貓，你還真的嚇跑啦？」郝仁站起身從窗戶往下看去，已經見不著王子銀到發亮的身形，「靠！真不夠意思。」

看來他的左眼就像昨晚照鏡子時一樣嚇人。

郝仁無奈的嘆了口氣後，轉身往浴室的方向走去，經過連身鏡前瞄都不想瞄一眼，連他自己也不想看到那詭異的火紅眼球。

「洗澡去吧，明天醒來一定要離開這個鬼地方。就算無家可歸，至少各大公園裡還有其他流浪漢能作伴。」他喃喃低語著心中盤算的決定。

NO. 5 人體藝術的偉大收藏家

「老公、老公、老公……」

一陣急切的呼喚聲叫醒了沉睡中的郝仁。

他懶懶的撐開眼眸，眼前的景象如夢似幻，嗓音低啞的呢喃：「喔！妳們幾個終於出現了，躲在我的眼睛裡搗亂喔？」

秋三連忙解釋：「沒有啦老公，會進去你的眼睛是情非得已，難道那天你沒感覺到有怪東西出現？」

「沒啊，怎麼了？是在嫌棄我感覺不敏銳、呆頭鵝之類的嗎？」

「哪有，老公平常對我們那麼好，又肯收留我們這些孤魂野鬼，我們怎麼可能會嫌棄你呢。」六秋感性的回應，「還有，今天是你的十七歲生日喔，生日快樂。」

「祝老公生日快樂、心想事成。」

八位鬼老婆妳一言我一句輪流表態，瞬間炒熱整個氣氛。郝仁聆聽此起彼落的聲響，心安後眼皮越來越重。平日巴不得叫她們幾個閉嘴，但才幾天沒聽到她們的聲音，竟然覺得有些懷念了起來。

「我生日又到了啊……妳們這些貪吃鬼肯定又要吵著我去買蛋糕慶祝，可惜妳們知道的，我被逐出家門口袋空空啊……」

「老公，快醒醒啊！你先別睡，好好跟我們說說話。」

「我沒睡，只是覺得能有妳們這些聒噪女人的陪伴，其實也不算壞……」

「老公，起來啦！」

「沒錯，快點起來，等一下再睡嘛！」

一聲聲呼喚催促郝仁不得不睜開眼清醒過來，「發生什麼事了？妳們幾個幹嘛變得那麼熱情？」

如果八個女人同時開口，必定是一團亂，因此她們極有默契的用眼神交會，派出大老婆代表。

「老公，聽我把話說完，我們已經沒時間了。」大春嚴肅的說。

聞言，郝仁心頭猛然揪緊，專心咀嚼大老婆的話，此時此刻，有一種不祥的預感緩緩在心裡瀰漫開來。

「放心，老公你的眼睛應該不會有事了。」

「等等，我那天感覺到妳們幾個飛進我的左眼裡，這不是錯覺吧？」郝仁想要解開心裡的疑問。

「嗯，那天在公園的老榕樹，其實是道行極深的惡靈幻化而成，它一直在那兒等待時機，當你一踢石頭過去剛好磁場吻合，它就立刻撲向你，打算從你的靈魂之窗進入、占據你的身體。」

「什麼！原來那棵大樹是惡靈變的喔！所以當時我的眼睛痛到不行不是因為被石頭打傷，而是惡靈在作怪？」

「嗯。」

「那麼惡靈呢？我怎麼感覺不到身體有被人占據的感覺？」郝仁抖了抖身軀，怎麼看都不像有什麼不對勁之處。

「因為強烈感受到老公你有危險，所以當時我們才會趕緊想辦法回魂，跟著惡靈進入你的眼睛，應該暫時把惡靈牽制住了。可是老公你要隨時注意身體有沒有出現異狀，有的話一定要想法子找個高人幫忙喔！」

「哇靠！妳們超強的！說真的，雖然我嘴裡老是吐不出象牙，不過共同幫我對付惡靈，妳們幾個真是辛苦了。」

「才不辛苦呢，老公你幫了我們那麼多，盡一點小心意根本不算什麼。況且這也是我們這些老婆最後能幫你做的事了。」

大春說到後頭開始有些哽咽，而其他人也跟著低下頭去。

「最後能做的事？這什麼意思？」郝仁發覺事情不大對勁，看看面前的各個身影漸漸模糊，視線甚至可以穿透她們。

怪了！原本這些鬼老婆在他眼中和人類的形體截然不同，但他可從沒見過她們這副暗淡的模樣，灰濛濛的，有種浮動感，好像再過不久就會徹底從人間蒸發。

「等等！妳們該不會要離開我了吧？」郝仁從未預料會有這麼一天，雖然老覺得這些女人麻煩，可他總以為八個鬼老婆應該會永遠賴在他身邊才對。

「是啊，只怪我們功力不足，唯一能做的就是和惡靈同歸於盡。」夏七惋惜的道。

「所以我的左眼球會呈現火紅色澤，也是因為妳們待在裡頭的緣故囉？」他想像著幾道虛弱的魂魄為了他盡心盡力的模樣，胸口便湧起一股難以言喻的酸澀感。

「嗯，據說魂飛魄散的靈魂，可以用念力讓自己毀滅，在破碎的一瞬間便能產生強大的爆發力，要對付強大的惡靈，必定得集合我們幾個的力量才行。但我們和惡靈在你的身體裡同歸於盡，不知對你往後會不會有什麼影響？希望不要有那麼一天才好……」

八冬也急忙抓緊時間說話：「還有老公，真的很抱歉。我們知道你一向注意自己的容貌，現在為了奇怪的紅眼睛，應該感到很苦惱吧？可是情急之下，我們也沒辦法考慮那麼多，只希望守住你的靈魂不讓惡靈進入，沒想到殘骸就這樣留在你的眼睛裡了。」

「唉！跟妳們的心意比起來，我紅一隻眼睛算什麼？」郝仁揉了揉左眼，憐惜的目光環視周圍，忽然後悔自己不曾為她們盡過任何心力，「可是，妳們救了我的後果是？」

「沒什麼，頂多幻滅罷了。再過不久我們就會徹底的消失，所以把握最後機會進入你的夢境中，再怎麼說都一定要來向老公道別。」

「老公，這次真的……要說再見了。」大夥兒異口同聲，不捨的嗓音哽咽無奈。

「等等！難道說沒有其他的辦法了嗎？我現在究竟還能夠為妳們做些什麼？」郝仁激動低喊。

「老公……」大春代表說話，那是所有女人共同的心聲，「只要你好好的活著、幸福的活著，其他的我們別無所求。畢竟我們幾個本來都是可憐的孤魂野鬼，遊蕩在冷然的空間無依無靠，多虧你不嫌棄，願意收留我們，這些年跟著老公你，經歷了許多快樂美好的日子，這樣真的已經足夠了。」

「意思是說，我們再也無法見面了嗎？」郝仁忍住悲傷的詢問，沙啞聲響卻洩露出心中無盡的哀慟。

「嗯，很可惜對吧？老公，答應我們，一定要好好活下去，連我們八個人的分一起好好的生活。最重要的是，少了我們的拖累後，你要找到屬於你的幸福。」

幾道魂魄哽咽的牽起手來，身影越來越模糊。

「我、我真的很對不起妳們……從一開始到最後，根本什麼忙都沒幫上……」郝仁皺起眉頭，努力忍住盈滿眼眶的淚水，不想用悲傷的模樣送她們最後一程。

「老公，謝謝你，你是這世界上唯一對我們好的人。」春二笑著說。

「老公是我們心中堅強的大帥哥，所以絕對不能掉眼淚，也不能為我們幾個傷心喔！」秋三笑中有淚。

「能夠認識老公你，是我這一生最幸福的時刻。」夏七忍不住哽咽。

八位即將消失的鬼魂，把握最後一刻表達心中的感謝。離別十分心痛，卻是不可避免的結果，畢竟是為了好心收留她們的男人犧牲，就算永世不得超生，那也絕對是心甘情願啊！

「妳們好走，也希望老婆妳們知道，我從來都不後悔娶妳們為妻，妳們是我郝仁這輩子最大的驕傲……真的很謝謝妳們的陪伴……」

他向前跨一步，強忍心頭的難受，努力擠出最溫柔的笑容，並俯身一一在八位鬼老婆的額頭印上虔誠的吻，而後面帶微笑，看著她們緩緩消失在空氣中……

郝仁倏地驚醒，連忙從床上跳起身來，他清楚的知道那不只是場夢。

「怎麼辦？不應該只有這樣吧！」

身為人家的老公，怎麼能夠讓自己的老婆們淪落到魂飛魄散、永世不得超生的悲慘命運。不行！他不能這麼殘忍，應該想點辦法才是。

「對了，去找馨萍姐問一下，看有沒有什麼解決的方法。」

他推開門快步奔出客房，往二樓靠近樓梯的房間跑去。

此刻的郝仁就像隻無頭蒼蠅般，壓根不知道有何方法可行。他心想畢竟方馨萍他們時常接觸一些靈媒、道士等，或許能夠給他更好的建議。

「馨萍姐，不好意思，可以打擾一下嗎？」

郝仁急促的敲了敲門，加大呼喚的音量，希望得到回應，「馨萍姐，我是阿仁，有點急事想問問妳的意見！」

郝仁希望能透過方馨萍找到方法，讓他可憐的老婆們擁有重新投胎的機會。這任務或許是天方夜譚，但哪怕只是微乎其微的希望，他都得想盡辦法達成，畢竟這是他這個身為人家老公最後能盡的心意了。

許久，門內沒有任何回應，郝仁也只好暫時放棄呼叫。

「對了！晚餐時馨萍姐好像說她晚上有事要出門，到後天才會回來……靠！本來決定好明天一早就要離開，看樣子為了老婆們的事，得繼續耽擱一陣子了。」

他喃喃自語，轉身往客房的方向走去，「不如這樣，明天先去跟老頭商量看看。不過今晚為了搬運屍體的事情跟老頭大吵一架，而且睡死的他現在肯定叫也叫不醒……嗯，明天我就先主動低頭釋出善意。再說人家是長輩，今天那樣對他老人家大呼小叫，好像太沒大沒小了點……」

怪了！是不是有人在看我？

郝仁敏感的皮膚瞬間起了雞皮疙瘩，同時停下步伐。

這裡只有一盞昏黃的夜燈，周圍的視線不大明朗，他也只好眯起眸子仔細查看，「誰躲在這裡？」

別墅的二樓一共有五個房間，每一間至少都有十坪大，且都含有整套豪華衛浴設備。從大廳中間的寬敞樓梯上去，從第一間方馨萍的房間至最後一間客房，中間的長廊至少超過三十公尺遠。

據說旅館和醫院時常會有靈異事件發生，其中一項因素就是有三十公尺以上的筆直通道或走廊，這幢如城堡般高級的別墅正好就是這種格局。

「到底是誰？有種給我出來，別偷偷摸摸躲在暗處！」

郝仁機警的環視四周，故意狂吼來壯大自己的聲勢，因為此刻他清楚感覺到附近有東西出沒。

他本身的體質容易感應到一些存在於空間卻不被人類發覺的現象，只是他並非每一次都能見到真實的形體，所以當視線偶然瞥向右側方的連身鏡面，突然出現的影像讓他著實心驚了下。

「喂！你、你哪位啊？」

對方沒有回應，但郝仁卻能明顯感受到一股莫名的敵意。

不知名的魂魄出現在鏡面上，與郝仁的身影重疊。黑色披風長至膝蓋，衣著和現在的天氣不符，看來身亡的時間應該是在寒冷的冬季，而那張沒表情的臉卻透出一股恨不得把他吞噬的氣息。

「喂！說話啊！你啞巴喔？」

郝仁清楚對方就站在自己的身後，他試圖轉身，卻發現此刻竟然無法動彈，只能透過前方的鏡面看著那森冷詭異的影像。

「聱聱！聱聱！聱聱！」

郝仁心跳聲猛然加大，對方釋放出的恐怖敵意讓他的身體顫抖了起來。

「馬的！我最近到底是怎麼了，所有不可能的怪事全都被我給遇上……呃！那個……如果沒我的事，我就先回房間去了……晚、晚安。」

郝仁慌張的碎唸著，只因那不知名的身影散發出威脅的意味，並緩緩朝他的背脊貼近。

「咳！咳！其實你不必站那麼近……」

火熱的觸感由後方襲向他脆弱的頸部，讓郝仁難受的猛咳，本想試試罵髒話驅走惡靈這老方法，卻怎麼也發不出半點聲響，但他想不通自己究竟是哪裡惹惱人家，這下子會不會就這樣慘死在對方的箝制下？

「等等！你……咳！我……」

這鬼魂的力量未免也太強了吧，他都快要被掐到斷氣了！就在這危急時刻，一個念頭飛快閃過腦海。

——老公，你一定要答應我們好好的活下去，連我們八個人的分一起好好的生活，並找到屬於你的幸福。

鬼老婆們的叮嚀言猶在耳，他方才笑著點頭答應會好好的活下去，並且努力尋求自己的幸福人生。這話才承諾沒多久，現在就要失約？這怎麼行！他絕對不能違背她們的好意。鬼老婆們奮力犧牲自己才保住他的靈魂，至少他也該為了這份心意努力抵抗才對！

「喂！放開我！」郝仁大吼了一聲，忽然手心一熱，身體掙脫了那道困住他的力量。他使盡全力扭動並擺脫後方的箝制，猛然轉過身瞬大眼眸，「你給我聽好了，我不會讓你有機可乘！再說我和你無怨無仇，你憑什麼這樣對我？」

郝仁奮力扳住對方的肩膀找回主控權，想要以堅定的眼神，宣示自己不想死的決心。怎知對方忽然驚恐的瞪視著他的左眼，同時灰暗身影的左胸口驀然燃起一道火焰，像是要把不知名的鬼魂燃燒殆盡。

「唔呃——」

鬼魂發出一道痛苦的低吼，而後飛快從郝仁的眼前消失。

「呼……好險、好險。」

郝仁吁了口氣，壓根沒想到自己竟然也有能夠擊退惡靈的功力。老實說，他方才一度以為自己會慘死在這裡。

「等等，這到底發生了什麼事啊？」

郝仁的目光不經意移向連身鏡面，不可思議的景象讓他倒抽了口氣。

他不可置信的往前跨一步，光潔的鏡面反射出他驚恐的臉龐，火紅的左眼往前凸出兩公分左右，彷彿一顆雕工細琢的紅寶石，在燈光的照射下折射出亮眼的光澤。

「靠！這寶石若能拔出來賣，我肯定賺翻了！」

眼睛詭異的景象完全吸引住郝仁的注意力，讓他忽略了左胸口處閃爍數次後隱沒的暗藍色澤。

「難不成那鬼魂是被我的左眼嚇跑的？還是這顆眼珠因為道行高深的惡靈和老婆們在裡

頭對決過，產生了無法預知的強大能力？」

雖然不知猜測是否正確，但他此時此刻的心境忽然有了改變。左手伸向緩緩停止發亮且退回原位的火紅左眼，他似乎不再像先前這麼厭惡它了。

這個紅眼睛，是老婆們臨別前留給他的禮物，紀念他們曾經共同相處的快樂時光。

「我說老婆們，雖然答應不會為妳們傷心，但是就今天這麼一次，讓我好好的發洩一下……我保證就這麼一次……下不為例……」

隨後，郝仁火紅的左眼淌出一顆顆淚珠，靜謐的空間內傳出了陣陣壓抑的抽氣聲響。

離別真教人感到痛苦萬分，在十七歲生日的這一天，郝仁頭一次嚐到了離別心碎的滋味。

◆※◆※◆※◆

「起來起來！早起的鳥兒有蟲吃。」

「拜託咧！我不是鳥，更不吃蟲。」

一早，郝仁還睡眼惺忪，便被方群從床上挖了起來，就這樣迷迷糊糊被拉到別墅後方。

「老頭，你到底要拉我上哪兒去啦？」

「嘴巴閉上，我可不想一大清早就聞到你的口臭！」方群嫌惡的摀住鼻子。

「拜託！我都沒嫌你那老嘴裡幾顆鬆動的老黃牙了。」

一老一少就這樣相互鬥嘴，畫面煞是滑稽。兩人都是一根腸子通到底的豪邁性格，儘管昨晚大吵一架，甚至扭打在一塊兒，說好從此勢不兩立，但睡過一覺後，所有恩怨跟著煙消雲散。

直到美屍坊的大門被打開，郝仁這才終於弄明白此時刻身在何方。

「老頭，你拉我來這裡，該不會又想利用我幹什麼蠢事吧？」

方群躍起矮小老邁的身軀，飛快的用手砍了下郝仁的頭部以示警告：「別吵！」

「哎呀！臭老頭幹嘛隨便打人！」郝仁撫了撫被敲疼的頭頂，咂咂嘴抱怨。

「你不是吵著想參觀我們祖孫倆的工作情況嗎？美屍坊裡頭的秘密，我可從來沒對外公開，想說看你這臭小子跟我們家還挺有緣分的，所以決定大發慈悲讓你好好的參觀參觀。」

郝仁卻一臉興致缺缺，「我是想看馨萍姐精密縫合屍體的技術，可她現在人不在這裡，那我進去要看什麼？」

「哼！縫合技術有什麼看頭？只不過是美屍坊技術的冰山一角，比那精采絕倫的還多得很呢！我方群也不知哪根筋不對，竟然特別允許你這被逐出家門的可憐蟲進去大開眼界一番。」

「嘖！你這老頭又發作了，一張尖酸刻薄的老嘴臉，非得在人家傷口上灑鹽才爽，我看你還是另外找人大發慈悲吧！我對裡頭什麼精采絕倫的把戲一點興趣都沒有，現在只想好好賴在床上補眠。」

郝仁昨夜才和鬼老婆們痛苦離別，躺在床上翻來覆去睡不著，激動的情緒一度無法平復，眼睛快闔上的那刻，外頭天也亮了。

說到鬼老婆……對了！他還得請求老頭幫忙咧！

「你這臭小子知不知道外面有多少人想成為我的徒弟？就算下跪苦苦哀求，我也不見得答應。」方群驕傲的老臉有些不爽。

「哈哈，那當然！」話鋒一轉，郝仁開始巴結了起來：「那麼會收屍的高人這世上有幾個？拜託！收屍也是要有技巧的，要把貨物小心的放在盒子裡，搬運過程又要全神貫注避免碰撞，這絕對不是普通人辦得到的啦！」

「你這小子還真以為我只有收屍這套本領啊！」方群最怕被看扁，「對了，還記得上次你載我回來途中發生的事嗎？」

「那當然，一般人哪可能經歷如此駭人的路程，我一輩子都不可能忘掉那個驚險的畫面，樹會笑、馬路塌陷……等等！老頭你會這樣問代表你是知情的囉？可是你明明當時睡得不醒人事。」

「哈哈！幻術聽過嗎？」

郝仁搖頭道：「沒有，那是啥？」

「跟你說你也不知道，那是利用催眠手法將被催眠者的視線控制住，並且操弄他的感官神經，產生指定的幻覺。」

「喔……嗯……所以勒？」

「說你這小子笨還不承認！你那天在車上所經歷的一切是我幹的，懂了吧？」

郝仁倏地撐大右眼，「意思是說，那天我看到的恐怖情況都是假的喔？靠！真是白痴，害我還差一點嚇到尿褲子咧！」

方群點了點頭，一臉狂妄。

「現在終於知道我的厲害了吧！喏——」他舉起枴杖往屋內的方向一指，「快點進去裡頭參觀參觀，讓你看看我究竟還有什麼精采絕活。」

方群不是沒想過要收徒弟，只是這種事還得看緣分，多年來他一直沒找到看得順眼的傢伙，曾經一度怕自己哪天突然喪命，很多絕活就會從此失傳，而郝仁看來應該是個可塑之材，或許有榮幸能夠成為他的頭號弟子。

「既然老頭你那麼堅持的話，那我就進去隨便參觀一下。不過我得先聲明，是你硬拖著我進來的，到時候不要一直吵著邀功。」

「吵死人的傢伙！」方群悶悶的咒罵，然後毫無預警伸出右腳，直接將郝仁踹進屋內。

「幹！」向前撲倒在地的郝仁立刻跳起身來，「你踢人家屁股幹嘛！要不是體諒你年紀一大把，我……」

方群打斷他的滔滔不絕，「閉嘴！這可是莊嚴肅靜之地，如果不想招來厄運，勸你最好放低音量。」

「哼！」郝仁不悅的瞪視著面前矮小的身軀，小聲的咒罵。

趁方群打開窗戶的同時，郝仁打量了下美屍坊圓屋內的環境，裡頭的擺設十分簡單，沒什麼多餘的裝飾，中央處設置一個手術檯、角落有一張單人沙發，乾淨的窗戶旁是一個書櫃般大小的裝置，和每次去牙科看牙齒時，消毒一組組看牙工具的機器有點類似，從裝置的透明玻璃可以看到裡頭散發出藍光。

「老頭，問一下，那些大大小小裝屍體的盒子，放在那臺機器裡是為了消毒殺菌喔？」郝仁忍不住好奇詢問。

「沒錯，這臺機器花了我不少錢，全世界僅有兩臺。除了殺菌、消毒外，最重要的是裡頭有一種特殊的裝置，能夠將某種氣體灌進木盒裡，讓屍體能盡量保持新鮮度，並確實消除臭味。」

「蛤！全世界僅有兩臺？限量的東西向來不便宜吧？」

「忘了多少錢，不過聽說這價格足夠在東京買一整棟大樓了。」

「東、東京？」郝仁嚇得張大嘴巴：「老頭，所以你很有錢喔？」

「幹嘛？懷疑？」

「拜託！出去問問看誰都會懷疑吧！我知道有錢人不一定非要穿金戴銀，不過你看起來像是那種會在路邊撈垃圾桶食物來吃的流浪漢……」見方群臉色大變，他趕緊打住。

「再說啊！繼續說嘛！小心我把你剁成八塊，然後再把你拖上手術檯進行縫補手術！」方群翻臉比翻書快，突然從某處拔出長刀，空曠的室內響起一道鐵器摩擦的鏗鏘聲響。

「老、老頭，你、你想幹什麼？」郝仁瞪視著鋒利的刀刃緩緩朝他逼近，一邊往後退，直到背脊碰到冰涼的觸感才停下，再也無路可逃的他大喊：「等等！我們有話好說，你可千萬別做傻事啊！」

「臭小子，若想活命就立刻向我道歉。」方群的老嘴咧開，笑容邪惡無比。

「抱、抱歉啦！我不是有意批評你。其實是我太沒眼光，你這身造型很有自己的style，越看越有味道！」郝仁昧著良心瞎說一通。難怪他老爸常說人要無時無刻記取教訓，千萬不要為了逞一時口舌之快，而賠上自己寶貴的性命。

「雖然這話聽起來中肯，不過已經來不及了。哈哈哈……就用你的鮮血來撫慰我受傷的心靈吧。」伴隨著一記猖狂大笑，方群忽地舉高長刀，接著猛然向前一劈！

「啊！救命啊——」郝仁一時間不知道該往哪兒逃竄，嚇得腿軟。

「給我閉嘴！」

長刀落下，卻不是砍向郝仁的身軀，而是砍在他左臂旁的一枚紅色按鈕上，接著一陣嗶嗶聲響起。

「呼！我還以為你要殺我咧。」郝仁吁了一口氣，心漏跳了一拍。

「讓開、讓開！」方群將長刀隨意扔至地面，把擋在冰櫃前的郝仁推向旁邊，「我得檢查一下冰櫃的溫度，還要觀察一下貨物的外觀有沒有產生其他變化。」

「那裡頭是什麼東東？」郝仁確定自己安全無虞後跟著轉身，後頭一個兩公尺長的冰櫃鑲在窗檯邊，銀色鏡面的外殼格外時尚。

「啐！你想我們美屍坊裡還能出現什麼？」

「也是啦，就一些……貨物嘛。」

方群再度壓下另一枚較小的黃色按鈕，覆蓋在上頭的銀色鐵片就這樣緩緩開啟。

「嗯，看起來還不賴，這個明天就能順利交貨。」方群雙手深入冰櫃裡，這邊摸一摸、那邊瞧一瞧，像在檢查冷凍肉品般頻頻點頭稱讚。

「怪了！這要怎麼分辨好壞？我怎麼什麼都看不出來？」郝仁只敢瞄一眼，實在無法像方群一樣仔細觸摸檢驗，畢竟那可是貨真價實的屍體。

「怎麼，你不認得她啦？」方群抬眼，挑了挑花白的眉頭。

「你是說……00725？」

「沒錯，你這小子倒是很會記編號嘛！萍萍昨晚出去前，花了一個鐘頭的時間趕工，成果還不賴吧？」

郝仁忍不住驚呼：「哇靠！真的假的？經過美容縫合後根本認不出來了！昨天00725不過是分裝在幾個盒子裡頭的殘骸，現在卻脫胎換骨成這副模樣。」為了方便觀看，他甚至壓低身體更加靠近冰櫃。

「讓我來仔細瞧瞧！」

這確實是具屍體沒錯，但不知情的人或許會以為只是一個美女躺在櫃子裡頭睡著了。女子有著兩排濃密的睫毛，直挺的鼻梁下是粉色的唇瓣，微微往上形成彎曲的弧度，特別是那雪白的肌膚，透出粉嫩的光澤……那絕非是一具屍體應該擁有的樣貌！

「哇靠！實在太屌了！對了老頭，我一直很想問一個問題，不如趁這個機會問一下。那個……你們是正常人類嗎？還是其實是什麼外星人之類的？」

「啐！發神經。」

「所以是人囉？好險好險。」郝仁鬆了口氣拍了拍胸口，「那麼馨萍姐在縫合屍體的時候，是憑感覺去操作嗎？」

「死者家屬通常會寄照片提供參考，但主要還是靠萍萍的手感。她只要仔細觸摸屍體的骨骼和肌肉，就大約能夠進行組織建構，厲害吧？」

「是啊，實在是太強了。」郝仁毫不吝嗇道出心中的崇拜，「都已經這麼完美無瑕了，那……老頭你還要檢查些什麼？」

「這很難解釋。來，跟著我感受一下。」方群將掌心貼向屍體的左臉頰，「你觸摸看看00725的右臉頰。」

「喔。」郝仁依照指示緩緩的將手貼上去，「雖然冰冰涼涼的，可是和我們一般人的肌膚沒什麼差別，甚至可以說是觸感極佳、吹彈可破。」

「啐！小色狼，誰要你感覺這些！我是說這冰櫃的溫度保持在大約十五度左右的恆溫，和一般的冰櫃溫度差別甚遠。我們美屍坊之所以能源源不絕收到貨物，那是因為只要是我們出品，就是品質保證。」

「十五度，這樣貨物不會臭掉喔？」

靠！他竟然也習慣把屍體用貨物來稱呼啦！

「那就是我這機器的厲害之處。來，你摸00725的肌膚，不像在摸冷凍豬肉那般硬邦邦的吧！這冰櫃可不好找，也是世界上找不到幾臺的高級裝置，和方才那臺消毒殺菌的機器價格差不多。」

「蛤！是喔。」郝仁點點頭，這才知道自己太過小看方群。世上少見的機種都能夠在他這兒出現，除了擁有龐大的資金外，想必他一定是很有權威的那種。

「好，現在觸摸看看，然後說出你的感覺。」

「感覺啊……」郝仁閉上眸子，溫暖的掌心來回流連過死者的身軀，除了涼涼的觸感外，他一時間也說不上來有什麼特殊感受，「嗯……怎麼說呢……」

郝仁正想要睜開眼放棄之際，右手食指滑過屍體的左胸口，猛然有一股觸電的感覺，他驚訝出聲：「呃，好怪。」

「快告訴我有什麼感覺？」方群急忙問，他希望自己沒有錯估眼前這傢伙的能力。

方群之所以會帶郝仁進美屍坊，就是想探測隱藏在他身上未被發掘的力量，第一次在公園見到他時，就能感覺到這年輕人渾身上下散發出一股特殊的熱源。

「00725好像有話要說耶……」郝仁經過方才被這麼電了一下，筋骨脈絡像是全然疏通似，神經變得格外敏感，就像忽然之間聽力加寬了收放的範圍。

「快告訴我，她到底想說些什麼？」

「嘿……奇怪，好像又沒感覺了。」方群不好意思的搔了搔頭，方才的激動現在看來顯得格外尷尬，「哈！我還以為我能跟死者溝通勒。」

「你這臭小子，少給我在那邊裝神弄鬼！」方群抬高枴杖，狠狠敲了一下郝仁的頭。

「喂！老頭，幹嘛打人啊！我又沒唬爛，剛才真的有一種奇怪的感覺，只是沒一會兒就消失了。嘿！搞不好人家真的有某種通天本領，只是苦無被發掘的機會，就像一顆等待被琢磨的璞玉，哪一天突然發光發熱……」

「璞玉？我聽你在放屁！」打斷郝仁的話，方群伸出右腳將他踹向一旁，並順手按下鈕鍵讓冰櫃的蓋子闔上。

「等等！你不是說了要教我如何分辨屍體的好壞嗎？怎麼突然又把冰櫃收起來了？」雖然郝仁對這事並非頂有興趣，但事情到了一半卻被打住，總覺得心癢癢的。

「下次有機會再說吧！今天讓你進來，主要還是來見識一下我的拿手絕活。」

郝仁猛點頭道：「我已經親眼見識到了，兩臺世界僅有的超級奢侈機器全在你這裡，還會有比這更酷的東西嗎？」

「哼！走吧。」方群不置可否的輕笑，接著往前走向一面光潔無瑕的白色壁面。

「老頭，你要走去哪兒？大門在那邊。」郝仁忍不住竊笑了下，「哈！這老頭是不是老糊塗啦，竟然差點自個兒去撞牆。」

方群沒回應郝仁的話，接著他斂下眼眸雙手合十，雙手緩緩摩擦生熱，然後將溫熱的掌心貼上牆壁，憑空畫了一幅八卦圖陣，直到原本沒有丁點痕跡的普通壁面驀然打開一道縫細，一臺精密的液晶螢幕從中被推出。

「靠！這是什麼鬼啊？」郝仁不可置信的吞了下口水。

看來美屍坊這幢圓形屋子裡，處處都有令人驚奇的玩意，看看那老頭將手心貼向螢幕，沒想到這老頭年紀一大把，竟然也懂得操作連他這新新人類都難以搞懂的高科技機器。

待機器確認掌紋後，一道門隨即敞開。

「夠了！我是不是在做夢，或者老頭你又要詐，對我實行催眠幻術？」郝仁揉了揉眼睛，捏了自己一把來確認是否為夢境，「這一切根本就是科幻電影才可能出現的情節嘛！」

「你以為我那麼強，隨時隨地都可以使用幻術？走！先進去參觀，這裡頭才是我真正工作的地點。」方群招了招手，一臉洋洋得意的公開自己的專屬天地，「介紹一下，我美麗的人體博物館。」

「人、人體博物館？什麼鬼名稱嘛，聽了令人毛骨悚然。」

甫進入這個深藏於白色壁面後的秘密天地，郝仁被裡頭刺眼的光芒照射得一時無法睜開眼，「管他什麼人體博物館，照明設備弄那麼亮，根本是想把人家的眼睛搞瞎！再說，弄這博物館的目的是啥？」

「這世界上無奇不有，就是有人不甘心從此消失，哪怕生命終結了，還是希望自己的屍體能夠永久保存。」

「保存屍體……喔，是指木乃伊那種，把屍體用白布捆起來的技術嗎？這類珍品通常不是只有放在大型博物館內展覽？」

「啐！都什麼時代了。木乃伊的技術確實讓後人驚嘆，但現代人講求更為精密真實的一面。我的博物館裡收藏的屍體就跟真人一樣，即便千百年還是維持不變的模樣。」

「你的意思是，像我們小時候製作的昆蟲標本？」郝仁眨了眨眼，逐漸適應裡頭刺眼的光線。

「嗯哼，可以這麼說，你也可以賦予它一個更好聽的名稱——生物塑化技術。」

「生物塑化技術？我搞不懂是啥，不過聽起來倒是挺專業的東東。」

「簡單說呢，就是屍體加工技術。把屍體經解剖、脫水、定型等程序後製作成人體標本，進行永久性的保存。」方群一一介紹，「我們邊參觀邊說，這樣比較清楚。」

「喔。」

郝仁默默跟在後頭聆聽，忽然間目光被另一頭放置於白色展示檯上的精緻盒子吸引了，他趨前隔著玻璃仔細瞧看，「這是什麼？該不會是從海盜手裡搶來，裝著什麼藏寶圖之類的寶盒吧？」

「哼！電影看太多，海盜都出來了。」

「等等！這寶盒上刻著什麼鬼玩意？嗯……是龍嗎？還是什麼野獸之類的？」

「好了，不管是龍還是什麼，這輩子都不可能屬於你，你就別問那麼多了。」方群舉高手扯了扯對方的領口，「我們過去那邊吧。」

「靠！這老頭裝什麼神秘，問一下都不行，小氣咧！郝仁小聲的抱怨，搔了搔頸部，只能乖乖的跟上前去。

「來，看看──這裡是標本儲藏間。」

一個個兩公尺長、一公尺寬、一公尺高的白色金屬箱子擺滿了整個空間。沒有嘈雜聲，沒有凌亂的物品，室內溫度適宜，一切顯得十分整潔。

「這個能打開來瞧一瞧嗎？」郝仁感覺此處不像太平間飄散著怪味，反倒有股大自然清新的氣息。

「隨意。」

方群按下遙控按鈕，其中一個盒子緩緩開啟，裡頭白色的包裹看不出人形。

「這些是原始標本，首先要經過濃度為30%以上的福馬林灌注，然後進行固定、殺菌的程序。一般來說，屍體在福馬林的真空包裝裡，至少得放置四個月以上的時間，之後才可以繼續進行解剖或運輸的動作，而用我這裡的先進儀器只需要不到一個星期的時間，強吧？」

「是喔，那這些屍體哪弄來的？別說你為了從事這項技術，順道兼職殺人魔。」

「呿！這裡的屍體來自各國志願者捐贈，不分國籍種族，當然也有從國外進口的，甚至也有人為了永保現在的最佳狀態，要求替他活生生的製作成標本。」

聞言，郝仁猛然皺起整張臉大吼：「靠！真的假的？我看那個人根本是瘋子！」

「花錢的是大爺，人家敢要求我就敢做。」

方群繼續往另外一個區域走去，邊走邊介紹：「我們再去那邊參觀吧。進行第二步驟的解剖室，目的在將泡過屍體的肌肉組織中容易腐爛的脂肪物等一一剔除，再來就是過去那邊的脫水室，將多餘的福馬林液體排出，最後移到後頭那間做切片定型技術，美麗的藝術品就這樣誕生。」

「切、切片？」

「給我小聲一點，不要在那邊大驚小怪的，你是想把我的耳膜震破啊？」方群不悅的掏了掏右耳。

「廢話！如果來到這裡不會大吼大叫的，除非是已經成為屍體。我郝仁有血有肉，會驚訝是人之常情，OK！」

「反正就是要切片後，才方便做定型的工作。哎呀，懶得跟你解釋那麼多，你自己好好參觀吧。」

他們最後來到一間約莫三十坪大的寬敞長形空間，兩面各放置了兩排透明箱型，彷彿走進了一處藝術品收藏間。只見一具具屍體被擺放在裡頭，分別被塑造成不同種姿勢，有的坐在椅子上，單手托著下巴思考；有的正在奔跑中，或者雙腳騰空而起，甚至還非常無聊的在藝術品上裝置照明燈光。

「噁爛，還打光咧。老頭，我看你根本是變態！」郝仁嫌惡的指控，腹部翻騰湧出胃酸，刺痛著他的食道、喉頭。

「嘴巴給我放乾淨一點！什麼變態，你可以大方稱讚我是人體藝術的偉大收藏家。」

「人體藝術的偉大收藏家？我呸、我……我算了，你高興就好。對了老頭，你會這麼有錢，該不會就是幹這些不法勾當吧？難道不怕被人檢舉？」

「哼！你以為我們美屍坊是任何人都輕易到得了的地方？再說這圓屋裡頭的秘密，除了我們一家三口和你這麼一個外人知情外，剩下的也只有老天爺知道了，哇哈哈……」方群狂妄的笑聲，從那咧開的皺乾嘴脣迸出。

「嘿嘿，我哪天看你不爽出去告發，到時候你就……」

「重點是你出去後，還回得來嗎？就算你有辦法找到這裡也無所謂，我呢只要安安穩穩的坐在房間內按下遙控，碰的一聲，美屍坊就會立刻炸得粉碎，最後剩下一堆灰燼殘骸死無對證，你說他們拿什麼來治我罪？」

「等等，碰的一聲？」抓住這點，郝仁囁嚅著提出疑問：「老、老頭，你剛才的意思，該不會是說這圓屋裡頭埋有炸彈？」

方群得意的點頭，「雖然不能和核彈相提並論，但我能保證只要一爆炸，威力肯定無比驚人。」

「馬的！這裡竟然埋有炸彈？」郝仁簡直快瘋了，他剛剛還處之泰然的聽這變態老頭介紹他的變態收藏。

「死老頭，大變態！」

郝仁狂吼了一聲後，立刻狂奔而出。

NO. 6

失去味覺的男人

晚上九點半，吳心愛按了一組密碼打開家中大門，脫去穿了一整日讓腳趾頭緊繃的黑色漆皮高跟鞋，然後手指熟練的找到客廳電燈按鈕輕輕壓下，啪的一聲，黃光點亮寬敞的室內。

才走進客廳，她便聞到一股充斥在空氣中難聞的酒氣。

「馬克，你又喝得醉醺醺了！這樣身體會被你搞壞的。」

「唔……」趴趴在皮製沙發上的男人蠕動了下身軀，一張俊臉因亮光皺成一團，只好轉頭埋進抱枕裡。

「唉！你到底要沮喪到什麼時候？看你那副模樣，我心裡也不好受啊。」吳心愛深深嘆了口氣，移步至沙發邊跪坐在地，伸手順了順男子及肩的褐色髮絲。

吳心愛最喜歡這樣偶爾撫摸馬克凌亂的頭髮，那感覺就像回到從前心靈契合的時光，可現在兩人的距離似乎越來越遠，她深怕有一天再也抓不住他的手。

「心愛，呵呵……妳回來啦，妳知不知道我等妳好久了。呵……妳怎麼還是那麼美、那麼的討人喜歡……」馬克聽到聲響，歪歪斜斜的撐起身子，一把勾住她纖細的頸部，湊過去印上了個響吻。

「別撒嬌了。馬克，跟你說一件事，我爸爸下星期受邀來這邊演講，這次會待個五天左右，昨天通電話的時候，他提起要我跟他一起回美國。」吳心愛望著男子迷濛的眼，口氣有點試探的意味。

「喔，那妳就回去吧，有什麼好猶豫的？回美國多好，妳忘了你們家那雄厚的財力，數不清的豪華別墅隨便住，鈔票沒有上限的隨便妳花……哈！令人稱羨的千金大小姐身分，連我都要垂涎三尺了。」馬克還故意做出擦拭口水的動作。

吳心愛推開他起身，一臉受傷的模樣，「你喝醉了！」

「只喝了兩瓶紅酒不會醉的，我說的都是真心話。」馬克笑著揮揮手打了個酒嗝，雙眸因醉意而顯得朦朧。

「如果我和爸爸回美國，那我們該怎麼辦？你捨得讓我走？你都不會傷心難過嗎？」

吳心愛不想這樣歇斯底里，只是現在的情況真的令人失望，當時她信誓旦旦的向家人保證馬克有多麼優秀，未來有一天必定會成功，所以不顧所有人反對，跟隨著他私奔到天涯海角。可是……唉！

「別這麼激動嘛心愛，妳講話好大聲……好大好大，就像打雷一樣，我的耳朵好痛喔……心愛……呵呵……」馬克語無倫次的嘟嘴說話，像個無理取鬧的小孩。

吳心愛試圖壓抑胸口的怒火，「你可不可以偶爾不要醉醺醺的，就這麼一次認真的跟我談談好嗎？」

這陣子他們幾乎每天都在爭吵中度過，然而對方滿不在乎的態度，真讓她幾乎要徹底抓狂。

「哎呀！別管什麼美國不美國的，妳快點去幫我弄點東西來解解饞……吃什麼好呢？嗯，吃泡麵？啊！我忘了妳身分高貴不吃泡麵，那冰箱裡頭還有松阪牛肉對吧？妳去幫我弄一份吧……哈哈，管那東西好吃不好吃，我忘了我這窩囊廢根本吃不出味道！」

這就是馬克之所以會如此墮落的最大因素——失去味覺，就如同失去了能夠體驗人生各種味道的權利，更何況他的職業是品酒師，不能保持嗅覺和味覺的完美，徹徹底底阻礙了他繼續發揮長才的大好機會。

「馬克，你給我認真聽好了。」吳心愛走向前去，雙手搭上他的肩膀使力搖晃，想喚醒不斷向下沉淪的愛人，「如果這次離開，我就再也不會回來了，難道這樣你也無所謂嗎？」

「哈哈……是地震嗎？我的頭都快被震暈了……」

一經猛烈搖晃，恰好讓馬克腳邊的兩個酒瓶雙雙滾落而出，瓶身擦出了些微裂痕，發出清脆的碰撞聲響。

「等等，那是……」吳心愛驚訝的看向滾至腳邊的酒瓶，蹲下身撿起來仔細確認，顫抖著問道：「你、你這樣做是什麼意思？」

她真不敢相信馬克會喝掉這兩瓶酒，而且喝到一滴不剩！

這酒是見證兩人感情的重要寶物，當他們緊緊靠在一塊兒，拔開酒瓶，聽到砰一聲的幸福聲響，親暱的交錯著兩人的玻璃杯互餵對方。當紅醇液體同時滑過兩人的喉頭，好似最溫暖灼熱的祝福。

她無時無刻都在等待這一天的到來！

「別問我，我不知道好不好喝……真的，別問我……」馬克又打了個酒嗝，頓時酒氣沖天，「妳知道我這個廢人已經失去味覺，所以沒辦法形容任何食物的味道，拜託別一直逼迫我想起這樣的痛苦好嗎？」

聽到這種回答，胸口彷彿被尖刀狠狠刺進，一滴淚自吳心愛眼角無聲的滑落；她的視線盯著酒瓶，回憶起當年的恩愛時光，比照此時此刻的景象，顯得諷刺極了。

「馬克，我該拿你怎麼辦呢？」吳心愛繃緊的身體驀然癱軟在地，宛若洩了氣的皮球，「馬克，你還記得七年前我們相遇的那天嗎？只要一想起那天，我的心裡便會湧現出無盡的溫暖……」

那年是吳心愛十七歲生日，卻孤單一人出現在高級法式餐廳。週末晚餐時刻，哪一桌不是親友團聚笑得開懷，讓身在如此氣氛中的她更覺孤單。

心愛母親因病早逝，而父親是知名人士，時常受各界邀約參加多種慈善晚會，忙碌得不得了，因此自心愛有記憶以來，都是自己過生日。

心愛十七歲生日的前夕，父親吳廣元再三保證一定會陪她慶生，但後來又因為有重要的事情而失約，並交代他投資的高級法式餐廳的經理，務必要請員工們大聲幫女兒唱生日快樂歌。

馬克剛好是那家餐廳裡的新進員工，十九歲的毛頭小子一個，當時他經過女廁外頭，看到吳心愛走出來並且偷偷的拭淚，於是好意拿出乾淨的手帕安慰她，並吩咐她稍等一會兒，他飛快進去廚房烤了一盒餅乾，說要送她當生日禮物。

那股香甜的滋味，她到現在仍無法忘懷。只是簡單的香草餅乾，卻因食材分量拿捏得精準，出爐的成品讓人驚豔。

十七歲生日的那天，吳心愛的日記本上寫著這麼一段——

這是我吃過最好吃的餅乾，真的好香、好甜喔。總覺得溶化在嘴裡的，不是香草而是幸福的氣味。我……是不是要戀愛了呢？

「記得也好，不記得也罷，反正都是多年前的事了。」馬克嗤笑了聲，看向已空了的酒瓶的眼神顯得黯然，他此刻看起來又像根本沒喝醉一樣。

「難道你都忘了嗎？自從在餐廳相遇的那天起，我們開始保持聯絡，隨後很快的陷入愛河……」吳心愛回憶起那段一同走過的時光，眼眶盈滿了甜蜜卻苦澀的霧氣。

當時她的家人極力反對，因為兩人的家世背景實在相差懸殊。

馬克為中美混血兒，父親是牧師，至中國傳教時結識了一名在工廠工作，身邊卻已經帶了一名兩歲女兒的單親媽媽；後來，二人結為連理回美國後生下了馬克，家庭雖然不富有，但還算是幸福，可是卻因為一場教徒無情的縱火案件，讓完整的家庭在一夜之間支離破碎。

這個突如其來的噩耗，讓馬克的父母親意外葬身火場，姐姐也因臉部和身體多處三度灼傷從此性情大變，而好心的信徒們發動募款，全額資助將她送進了療養院。

從此以後，馬克便在寄養家庭生活，比起一般的孩童早熟許多，十歲大的年齡，就已經懂得幫寄養家庭分擔家務，一下課便趕緊至車站附近，替來往的行人擦皮鞋賺錢。

就因為他早熟又有想法，因此當吳心愛認識他的那一天起便徹底著迷，即便父親吳廣元強烈反對，她依然不肯放棄。

吳心愛知道馬克對味覺的敏銳度異於常人，於是她仔細留意各個年度大賽，主動幫他報名參加，希望他能贏得獎金及出國深造的機會，並不厭其煩的在一旁加油打氣。短短兩年時間，馬克沒讓她失望，一躍而上成為知名的品酒師，也因出色的比賽成績，贏得了味覺天才的美名。

「還記得這瓶酒，是你在義大利當學徒的那年，和當地葡萄農交涉，趁餐廳休息之餘去幫忙除害蟲、搬運貨物，用勞力換來一瓶和我相同出生年份的珍貴紅酒。我們當時許下諾言，等步入禮堂的那晚開來一同享用，可是……你卻一個人喝掉了。」

「步入禮堂？哈哈……」馬克的狂笑聲響聽來苦澀到了極點，「其實我們都清楚，根本就不會有那麼一天不是嗎？」

「為什麼不可能？」

「心愛，拜託妳別再騙自己了，我這窩囊廢死賴在你們家的高級公寓不走，沒有工作卻吃的比誰都豐盛；更衣室好幾套妳幫我訂做的西裝，就算穿了也沒場合出席。我決定這樣頹廢一輩子，妳就不要對我抱任何希望了。」

「馬克，不要放棄好嗎？你只是暫時失去味覺，總有一天會恢復的，而我會在你身邊守候，等待為你喝采的那天。」

「哈！算了吧，兩年來我們跑遍世界各地，看了所有權威醫生，還不是一點起色都沒有？妳沒放棄，我卻早已不抱任何希望了……說真的，失去味覺已經夠痛苦了，妳還在旁邊不斷給我壓力，有時候我真的很希望妳……能滾出我的世界！」

「你說……什麼？」吳心愛蹙起眉心，再也無法壓抑，「你怎麼可以這樣對我？為了我們的幸福，我出去兼差了好幾份工作，一大早去送報，然後再到好朋友介紹的公司當秘書，下班後還得去音樂教室教鋼琴。雖然我們家沒有把這間公寓收回去，也沒有停掉我的信用卡，可我還是希望可以用我們自己努力賺來的錢生活……現在你沒工作我就辛苦一點，只要有天你能振作起來，我就可以稍微喘口氣。我是抱持著這種心情努力走下去的，你知道嗎？」

「所以心愛，妳就放棄我，和妳父親回美國去吧。」馬克甚至不敢抬頭看她傷心絕望的模樣，「跟著我，一輩子都不可能有出息的，我連自己都照顧不好了，哪裡還有多餘的能力照顧妳。」

「那我們呢？我們之間就到此為止是嗎？」

「我想這對我們來說，或許是最好的方式了……」

沉默了半晌，馬克又開口：「回去找個能夠和妳匹配的好男人，從此過著幸福快樂的日子吧。」

「你！」吳心愛絕望的看向他，淚水決堤：「好，這樣也好。你不希望我在你身邊，我就從此走出你的世界。其實我早該這麼做了，只是一直無法下定決心……如果我走了能讓你振作起來，那麼我所做的一切就不會白費了，對吧？」

語畢，她轉身跑向大門，離開這個傷心之地。

「唉！真的對不起……」馬克再也無法抑止，任由淚水爬滿整張臉，「如果不這麼狠心，妳永遠都不會得到幸福的。」

他拾起地板上另一只空了的墨綠色酒瓶，回憶起心愛當時送給他的情景——

「馬克，這是干邑的頂級紅酒，是我們相識的那個年份，這可是我靠自己買回來的，沒有動到家裡的半毛錢喔！這瓶酒取名為『和氣酒』，我們要一直存放著，希望永遠都不會喝掉。除非等到哪天我們吵架，我很任性的一直不肯原諒你的時候，你就把這瓶和氣酒開來一起喝，我就會笑著原諒你了。」

當時的心愛臉上滿是幸福的笑容，即便這段戀情不被祝福，可只要看到她的笑容，所有陰霾都會跟著煙消雲散。那時他默默在心裡發誓，要讓她永遠保持這樣的笑容，只是現在看來是無能為力了……

半個鐘頭後，馬克接到一通警方的緊急來電。

心愛死了。

他這輩子最愛的女人竟然離開人世！

◆※◆※◆※◆

吳心愛死亡三日，家屬請醫院設置簡易的靈堂，並謝絕媒體採訪，而馬克也被列為拒絕探視的黑名單內，在吳心愛的父親和後母從美國趕來後，決定選在明日將遺體火化。

馬克本以為心愛的父親抵達後，便會叫他滾出他們家的高級公寓，卻沒想到不知何時，心愛已將這房子轉到他的名下。

這間公寓每一處都有心愛的足跡，他們在此生活了三個年頭，兩人的關係卻因為他失去味覺而全然變調，甜蜜的時光只維持半年。

「不可能！心愛絕對不會自殺，我不相信。」

這兩年來馬克一蹶不振，每日用酒精麻醉自己，並不時說重話來傷害心愛，但她依然默默守候在他身邊，從沒有一句怨言。

可憐的心愛毅然決然選擇跟著他，卻沒有得到幸福。

警方到家中搜索時，在書房的抽屜中找到了吳心愛的筆記本，也因為翻閱最近的幾篇內容，再經法醫仔細確認後，判定死者為自殺身亡。

那本紅色扶桑花封面的精緻日記本，是他們認識後的第一個情人節，他送給她的禮物，然而現在又再度回到他手中。

馬克顫抖的手翻開一頁頁的回憶，裡頭記錄著兩人曾經美好的過去。可自從他選擇墮落後，日記的內容便失去了色彩，成了心愛每日為他傷心的見證。

十月十一日

親愛的！我撐不下去了，很想放棄一切躲到平靜的某處。

如果去了天堂或許會快樂對吧？

二月三日

親愛的！是我對不起你……如果你知道那個秘密，也許我們就徹底完了。

我不許任何人傷害你，我願在你受傷的時候成為保護你的羽翼。

五月二十八日
親愛的！如果我不在了，你會難過嗎？
如果我消失了，你會振作嗎？
如果我死了……你還會愛我嗎？

六月三十日
親愛的！再過一個星期就是我生日。
如果神能夠幫我實現一個願望，
我希望能讓你振作起來，還要永遠的幸福快樂。

七月四日
昨天我夢見自己自殺身亡，雖然夢境有點恐怖，
卻看到你流下淚水要我回到你身邊。

親愛的！如果離開人世能夠挽回你，我不畏懼走上這條不歸路，

只要你回頭……只要你快樂。

「心愛，如果妳沒認識我就好了……」馬克抱著日記本痛哭失聲，一雙眼睛腫得像核桃，襯衫領口被眼淚濡濕了一大片，「心愛，是我對不起妳，真正該死的人是我！」咆哮聲響迴盪在室內，縈繞著悲傷無助的味道。

馬克還記得昨晚想至靈堂再見心愛最後一面，然而心愛的父親吳廣元卻激動得擋住他的去路，說什麼都不肯放他進去。結果他最多只能站在醫院門口，只要一靠近靈堂便會被保鑣擋住，甚至被架離至少十公尺遠。

「伯父，求您讓我進去，我想跟心愛說說話。」

「給我滾！我不想再看到你，心愛也是。她會變成這樣還不都你害的！所以你離我們越遠越好！」吳廣元不悅的大吼。

「拜託您……心愛出事後，我都不曾見過她一面。只要給我幾分鐘就好，讓我看看

她，跟她說說話……」

「你拿什麼臉去見心愛？混蛋東西！心愛不是自殺，殺了她的人其實是你，我真後悔當初心軟放她走，和你這沒出息的傢伙遠走他鄉。如果知道今天會發生這種慘況，那時候我說什麼也要阻止！哼！你怎麼跟我交代，不是說保證要讓心愛成為世界上最幸福的女人，讓她永保美麗的笑容嗎？結果到頭來呢？卻淪落到失去味覺、丟了工作。我最不能理解的是，既然你已經一無所有，為何還要纏著我們家心愛不放，為何不勸她回美國？你真是太自私了！」

「伯父……我真的……對不起……」

「對不起？哈！說得倒輕鬆，為何你不乾脆以死謝罪？我真巴不得發生意外的人不是心愛而是你，那輛車不是你的嗎？為何心愛會開你的車跑去自殺？你為何不把鑰匙藏好？如果她當時沒開你的車，也就不會發生今天這樣的事情……你這混蛋！我恨不得毀掉你！你說！我要怎麼跟心愛死去的母親交代？你倒是說說看啊！」吳廣元越說越激動，也顧不得血壓迅速飆升。

「我……」

馬克對於這一連串的指控，絲毫無反駁的餘地，只能低著頭默默接受不留情面的辱罵，直到心愛的繼母和女兒前來，及時阻止了這場風暴。

「老公，別這麼激動。來，我扶你過去沙發那邊休息。你的心臟不好，又一整天沒進食，萬一倒下去怎麼辦？如果心愛看到你這樣，也會感到難過的。」

「爹地不要難過了，我和媽咪會一直陪著您，不會像心愛姐那樣，狠心離您而去。」

「好了，我們進去吧！」心愛的繼母勾著吳廣元的手柔聲勸誡，並不忘看向馬克，表情瞬間轉冷，「你回去吧，這裡不歡迎你。」

在轉身離去前，吳廣元再度回頭瞪了馬克一眼，眼神中夾帶著痛苦、悲憤，以及稍縱即逝的自責。

「你要記住！殺死心愛的是你的自卑和墮落，跟我一點關係都沒有。沒錯，凶手是你不是我，這世上誰會忍心殺害自己的女兒？一切全都是你的錯，心愛太傻了，她竟然想用自己的生命做賭注，希望能喚回你壓抑在心中的鬥志，以為這就是愛，哈！太傻了……真的太傻了……」

目送三道離去的背影，馬克更顯落寞，知道自己應該是沒機會進去了。如果沒見到最後一面，心愛肯定會埋怨他的吧？

只是有一點讓馬克感到耿耿於懷，心愛的繼母和她女兒的眼神讓他感到不大舒服，那笑容似乎在稱讚他——幹得好！

馬克知道她們的存在，也曾經在美國見過她們。記得心愛提過，在她七歲那年母親因病過世，而後父親便決定再娶，對象是母親生前的貼身秘書。

心愛之所以心有芥蒂，原因是她母親生病的那段期間，這位秘書便趁父親心靈最脆弱時介入。母親躺在病床上無能為力阻撓，心愛卻能感受到母親的無奈。母親死後，那個女人便順理成章進入他們家，心愛也從此多出一個小她五歲的妹妹。

她們母女倆非常貪財，短短幾年內，繼母的名下就多出好多棟房子，那個和心愛一點都不親近的妹妹，據說存款也忽然暴增許多。

馬克揉了揉眼眸，不知為何突然回想起心愛曾經提過的事，現在的他思路全盤錯亂，只要看到誰笑就覺得邪惡，心裡難免會猜想那些人會不會就是凶手……

自殺？

他怎麼也不敢相信，心愛會選擇自殺這條不歸路。

「心愛，妳告訴我，我該怎麼辦？」他就算是哭天搶地，也挽不回過去的時光，可是現在什麼都不做，又怎能平復心中的傷口呢？

忽然間，一個念頭迅速閃過腦海——心愛就算要走，至少不會還在這個時候！

幾天前他回家時，聽到電話答錄機的一通留言，留言的那個人是小美——心愛唸書時的好同學，在這裡找工作也是透過她的幫忙。

「心愛，我小美啦，過幾天就是妳的生日，妳交代要做餅乾的材料我都幫妳準備好了，不過我不懂為何不是妳男友幫妳張羅，反倒還要妳來安排一切？可不可以請他對妳好一點？我真的快看不下去了！唉，算了……還有餐廳啊，我也幫妳訂好了，生日那天早上再過來我這邊，我們邊做餅乾邊說吧，掰。」

◆※◆※◆※◆

「妳好，不好意思打擾了。」

馬克回家翻出了心愛的通訊錄後，找到了小美的住址。

「請問你找哪位？醜話說前頭，我不接受推銷喔。」小美透過大門的小紗窗，防備的看向外頭陌生的男人。

「我是馬克，不曉得妳知不知道……」

「喔，終於見面了！」想到好友吳心愛的悲劇，小美不由得對馬克板起臉孔，態度不大友善，「我們之間應該無話可說，你走吧！」

「等等！我在電話答錄機裡聽到妳提到有關餐廳和餅乾材料的事，能不能請問心愛是不是原本計畫著，在她明天生日時做些什麼活動？」

小美連門都不願意開，隔著大門說話，都覺得有股想奔出去掐住對方的衝動，她冷冷的說道：「哼！說到這個我就一肚子火！我實在不懂心愛這麼好的一個女人，何必犯賤到這種地步，每天工作忙得不可開交，連自己生日都還要費心思計畫，就為了你這個完全不替她著想的男人！」

「我知道自己該死！但能請妳跟我說心愛原本的計畫嗎？我現在不知道該怎麼做，只想聽聽有關於她的一切，拜託妳了。」馬克稍稍往後退一步，非常有誠意的朝她鞠躬。

「現在知道了又能怎麼辦？一切都來不及了不是嗎？」

小美真的替好友覺得不甘心，心愛被這扶不起的阿斗折騰得不像話，兩年來瘦了一大圈，雙頰凹陷。她多次勸心愛離開，心愛卻說什麼也要留在這個孬種男人的身邊，真讓人難以理解。

「真的拜託妳了……請妳一定要幫幫我……」馬克高大的身軀向前一傾，又是一個深深的鞠躬。

「你……」小美猶豫後便心軟了，以前看過心愛手機中的照片，記憶中馬克帥氣挺拔的模樣，著實讓她們一票女生羨慕得要命。今天她第一次見到本尊，看到的卻是鬍渣爬滿了下巴，狹長迷人的眸子凹陷空洞，褪去了原本發光的魅力，看來他也不好受吧。

「好吧，既然你這麼想知道，我就跟你說吧，如果心愛在天之靈，知道我對你這麼不客氣，一定會難過的。」

「感謝妳，真的！」馬克感激的揚起嘴角，笑容卻是如此的苦澀。

小美嘆了口氣，「心愛原本計畫和你一同去兩人第一次相遇的法國餐廳，可是她知道你肯定不會出國，於是只好另外在這裡找了家氣氛不錯的法國餐廳，然後像你當年鼓勵她、安慰她那樣，送出親手烘烤的餅乾，對你說聲：親愛的，加油！我會永遠在身邊支持你，因為我這輩子最愛的人就是你了……」

聞言，馬克再也忍不住的雙手掩面，在小美面前痛哭失聲。

「你別這樣，心愛看到會難過的。」

「明天就是心愛的生日了，而我這個混蛋……這個她愛得死去活來的混蛋，卻再也沒機會為她唱生日快樂歌……」

NO. 7 偷屍賊

「馬的！真想一頭栽進魚池裡。」

郝仁仰頭猛灌運動飲料，烈日當頭的正午，熾熱得連頭皮都在發汗，他再次受方群請託來到醫院，不過這回並非至太平間收屍，而是來替他拿治療風濕的藥。

「感謝那一家怪咖不離不棄，竟然願意收留我這無家可歸的可憐蟲，吃得好又住得好。我啊不幫忙跑腿盡點心意，那就太不夠意思了。」

郝仁將手裡的藥包拋向空中後又接住，口哨吹出的是近來耳熟能詳的《月光奏鳴曲》；在別墅的餐廳裡，目前最常放的就是這首貝多芬的名曲。

自從進美屍坊親眼見識後，郝仁已經一個星期堅決不和屍體接觸。不過他這人就是犯賤，偶爾從窗外看向別墅後的圓屋，竟然會有種難以理解的惆悵感。

「靠！別再想那些鬼東西了！」郝仁甩頭趕走惱人的思緒，走至停車場，發覺小貨車邊出現一道鬼祟身影。

「喂！想偷車喔？麻煩睜大眼睛找輛像樣的車，OK？這輛破車拿去二手車行賣，老闆都會嫌棄咧。」原本郝仁不懂方群這麼有錢，卻從哪弄來一輛不稱頭的車，後來才知道這破車來頭不小。

「呃！」男人嚇了一跳，連忙轉身。

「你你你！」郝仁瞠目結舌的驚叫。

「午安，我們又見面了，先生。」對方也同時認出郝仁來。

「靠！你這個強吻屍體的怪咖！那噁心的畫面，害我一連做了好幾天的惡夢。」不過說真的，這男人還真不是普通的帥，好在他沒考慮出櫃，否則嘿嘿……靠！上個念頭還沒完，郝仁立刻停止想下去，他在胡思亂想什麼，這人可是強吻屍體的超級大變態！

「先生，你戴眼罩這創意還挺吸引人注意的。」馬克眨個眼笑了笑，神色顯得蒼白。

「什麼裝扮，我這是不得已，OK？」

有關眼罩的事，郝仁也是經過一番革命。Tony 哥原本弄了兩副要他選，一個碎花拼布，另一個白色蕾絲。要不是他再三要求換個全黑的眼罩，否則根本出不了門。

「所以，先生你又來收屍？」

「首先，你可以叫我郝仁或者阿仁，別什麼先生不先生的。再來，我呢早就下定決心，再也不做收屍的工作，但是……如果是幫你收屍的話，倒是可以考慮考慮啦，哈哈！這冷笑話還不賴吧？」

馬克絕望的眼神倏地閃過一線生機，急忙道：「等等！你可以幫我個忙嗎？」

「啊？真的要我幫你收屍喔？」

「阿仁，請問你現在有空嗎？」馬克濃厚的嗓音透露出急切的意味。

「有是有啦，不過你想幹嘛？」郝仁露出防備的眼神。當初方群也是莫名其妙問了他這麼一句，結果從此結下不解之緣。

「你這輛小貨車，還有空位幫忙載一些東西嗎？」

「我是說可以幫你收屍，但你還活生生的站在這裡不是嗎？再說，這輛車不是我的，所以咧……你懂吧？」

對方應該聽得出他話中的婉拒吧？

「阿仁，我知道自己實在強人所難，雖然我們只有一面之緣，但我現在真的非常需要你的幫忙。」

郝仁煩躁的搔了搔頭，他的好人因子開始作祟，他媽隨便碰到誰都可以掏心掏肺！

「其實也不是不願意啦……這樣吧，你先說說看需要我幫什麼忙？」

「現在很難跟你解釋，但請相信我所做的一切都有不得已的苦衷。我不知道自己現在還能做什麼，只是不甘心就這樣結束。這感覺你懂嗎？」

「呃……大概吧……」郝仁敷衍的點頭。

「阿仁，請相信這是我的第一次。」

「幹！管你第幾次咧！」

郝仁猛然將油門踩到底，破舊的小貨車就這樣瘋狂飛竄在大馬路上；左躲、右閃，郝仁握著方向盤的雙手緊張到發痲，甚至一路裝瞎連闖了好幾個紅燈。

「靠！有夠驚險刺激的，你沒事跑去偷人家屍體幹嘛？」郝仁氣喘吁吁的大吼：「最好不要告訴我，你是靠幹這勾當賺錢的白痴！」

「抱歉！麻煩你了。」馬克拿開頭上的帽子，一連串驚險的過程讓他身上的襯衫徹底溼透了，「其實……我也非常緊張。」

「鬼扯！那我上次在太平間看到的又是什麼？」

「上次？」

「就是那次，你在太平間裡噁心巴啦的強吻屍體。」

「那、那個……」馬克遲疑了半晌後才回答，「那天可能喝醉了……另外有些事實在難以啟齒。」

「靠！我郝仁才是有苦難言，倒了八輩子的楣咧！」

剛才的情景嚇得郝仁差點沒當場尿失禁，首先馬克要他潛進醫院裡的中控室關掉靈堂的監視器，然後壓下火災警報器的按鈕，製造失控混亂的場面，好讓馬克趁機混進去；接著他飛速趕回小貨車，打開後車廂接應偷運來的冰櫃，最後還要一路飛車逃離是非之地。

靠！當他郝仁神偷啊？說什麼「我的第一次」，這等鬼事相信對世上多少人來說，連成為第一次的機會都不可能！偷屍體？這男人還真夠有種的。

不！真正有種的是他郝仁，竟然會心軟當這變態的幫凶！

方才郝仁偷偷潛進中控室，心臟差點沒跳出來，當時突然渴望自己擁有方群的幻術。戰戰兢兢混進去後，他一直想辦法等待機會來臨，好不容易逮到警衛進廁所的空檔，終於完成這個不可能的任務。

郝仁在心裡嘀咕：「都說了這陣子不再碰屍體，結果現在車子後頭又莫名多了個冰櫃。怪了，怎麼會忽然有一種非常不祥的預感，是不是從十七歲起，注定從此就得和屍體牽扯在一塊兒？」

「好了，屍體已經成功偷出來了，你現在想怎麼樣？」郝仁問。

「老實說我還沒想那麼多，只想趕快把心愛帶出來，否則今天下午安排要火化，一切就來不及了。」

「靠！你也未免太衝動了吧！做什麼事情之前應該要有周全的計畫，你這樣沒頭沒腦的，萬一等一下警車追來該怎麼辦？我可不想為了一具屍體吃牢飯咧。」

郝仁只是嚇嚇對方罷了，因為警方就算想追也不見得追得到，這輛破車不知打哪來，據方群的說法可以看到它在路上行駛，卻又可從各個重要路口的監視器中隱形消失。

「阿仁，抱歉拖累你了，我……唉！該怎麼說呢……後頭載的是我最愛的女人。警方判定她是自殺身亡，可我還是不相信這種說法，再說我還沒好好的跟她道別，就這樣放她走，我會……」

「這……唉……」

還真是該死的賺人熱淚啊！他郝仁向來最不能聽這些，隨便幾句就能觸動他心弦。

「OK！走吧，我知道一個地方，那裡應該有人能夠幫助你。」

一個右彎，車身駛向羊腸小徑，這是郝仁這幾天發現的捷徑。

「真的很謝謝你。」馬克嘆了口氣，眼神空洞。

郝仁揮了揮手，「不用啦！不過既然現在大家都在同一條船上，我也該知道你的身分吧？」

「我叫馬克，中美混血……」馬克嘆了口氣，低啞的嗓音自胸腔娓娓逸出，「我是個品酒師，不過在兩年前失去味覺，找遍了世界各地的名醫，得到的結果都是一樣，他們說我身體沒有異樣，至於為何會失去味覺至今仍找不出理由，從此乾脆自暴自棄。」

「喔，所以我上次看到你在太平間裡強吻屍體，也是你其中一種自暴自棄的行徑囉？」

「嗯，可以這麼說。」

「嗯……不過這方法，還真讓人難以苟同。」郝仁瞥了下鄰座，發現馬克的身體開始搖晃，眼皮沉重不堪，「算了！我們等會兒再說，看你一臉快要撐不住的模樣，先小睡一會兒，到達目的地我會叫你起來的。」

「謝謝你……阿仁。」

「你總要儲備一點體力，之後還有很多事要做咧！再說，我能不能找到那個地方還是個問題。」

郝仁後來才了解美屍坊為何附近沒半點人煙的原因，原來它處在人間和靈界的交會處，可說是第三類空間之類的，反正就是很神的那種。據說他現在開的這輛破車雖不起眼，卻能夠在方群設置於山腰處的幾個點，瞬間移動找到回美屍坊的路。

「放心啦！我會平安帶你們這對可憐鴛鴦到達目的地的。」

◆※◆※◆※◆

屍體被小心翼翼的搬運至手術檯，方馨萍戴起口罩，雙手伸進郝仁準備好開刀專用的手套。

「阿仁，你不是說這輩子都不願意進美屍坊的圓屋了？」方馨萍眼神膠著在屍體上仔細勘驗。

「嘿嘿嘿，快別這麼說嘛～能再一次進入馨萍姐和老頭的秘密天地，我郝仁真是何等榮幸啊！」郝仁搔搔頭忙著陪笑，為了這位僅僅一面之緣的馬克兄，他可是人好到可以上天堂了。

郝仁諂媚的話才說完，頭部立刻遭來猛然一擊。

「喂！老頭，你幹嘛隨便打人啊！整天敲我的腦袋，要是害我變笨了你怎麼賠？」

「哼！你腦袋本來就不太靈光，是還能變多笨？讓你在這邊白吃白住不夠，現在可好，還多事幫我惹來個大麻煩。」方群不滿的瞪著郝仁，原本像刺蝟般散開的花白髮絲，這下似乎變得更張狂了。

「我說老頭，做人別這麼小氣嘛，人家也是走投無路才會找上我。再說美屍坊是什麼地方，屍體送到這裡來，根本像是人間蒸發了一樣，所以請放千萬顆心，條子們不會找到這裡來的。」

「這臭小子，誰跟你說怕美屍坊曝光的問題！我是指收費！我們美屍坊不是所有屍體都有幸能夠光顧的地方，對方要是不多給幾張鈔票，恐怕也得不到滿意的結果。」

「啐！你這老頭也未免太愛賺死人的錢！」郝仁翻了翻白眼後，決定想盡辦法說服方群，「那老頭你說說看，幫屍體服務一次需要多少錢？大不了我在這邊多做幾年的奴隸，無時無刻任由差遣，OK？」

「哼！奴隸？我看你在這邊做到死也還不清這個價格。也不去坊間打聽看看，我方群有多貴。」

馬克誠心的微彎他那挺拔的身軀，「那麼也請讓我留在這裡幫忙，我什麼都願意做。」

聞言，方群雙手環胸遲疑了下，視線絲毫不客氣的朝對方上下打量一番。

「你嘛……人長得俊美、舉止優雅紳士，留在我們美屍坊幫忙，讓人看了也賞心悅目。」方群目光轉向郝仁，表情驟然一變，「至於這臭小子，遭到學校退學、被趕出家門不說，除了身材高大、一張臉皮膚還不賴，五官普普通通，臉上多了個礙眼的眼罩，看起來就像個不好種的船長……」

「老頭，你說這些話太過分了吧！什麼不好種的船長，你不去撒泡尿照照鏡子根本是千年老妖怪咧！」

「唉唷！臭小子這樣就被激怒啦，哇哈哈……」

「爺爺，您別鬧他們兩個了。」方馨萍適時出面打斷了一場鬧劇，美麗的臉龐在工作時刻顯得格外冷漠，「我只是普通的外科醫生，不要對我有太大的期望，以為我神通廣大到可以查出任何蛛絲馬跡。」

「蛤！普通的外科醫生？我說馨萍姐，妳也未免太客氣了吧？二十歲能當上外科醫生的，世上根本只有天才有這種能耐。」郝仁忙著向新朋友馬克炫耀，「你別看馨萍姐漂亮到可以去當明星，就以為她什麼都不會做，她啊屌得要命！如果你曾經看過她把殘破的屍體縫製成完好無瑕的模樣，一定也會對她佩服得五體投地。」

「謝謝妳肯幫忙，實在感激不盡。」馬克俯身示意。

方馨萍卻一點都不領情，「一個連自己心愛的女人都沒辦法保護好的男人，最後才來捶胸頓足的說後悔，早知如此何必當初呢？」

「馨萍姐，妳說話幹嘛這麼惡毒？人家已經夠難過了。」郝仁看向馬克哀傷的神情，覺得於心不忍。

「實話實說，不行嗎？」

「行行行，我能說不行嗎？嘿嘿……」郝仁趕緊附和，他實在不了解方馨萍古怪的性格，她平日看來和藹可親，有時候卻又不近人情，就像現在這樣會突然翻臉。

其實郝仁的心裡一直有所芥蒂，自從上回半夜跑去敲方馨萍的房門，回房的途中遇到那個凶狠男人的鬼魂，到底和她之間有什麼關係？

雖然當時鬼魂被他的紅眼睛嚇跑後不再出現，但他敏感的體質，依然偶爾會感受到那股不友善的氛圍。特別是在他接近方馨萍的時候，感覺就變得更為強烈。雖然他很想開口詢問有關男人鬼魂的事情，但怕觸怒到情緒不穩定的方馨萍，於是暫時作罷。

「其實馨萍小姐說得一點也沒錯，我就是這麼失敗的男人，所以連自己最心愛的女人都對我失望。」馬克看向躺在手術檯上冰冷的屍體，眼神是那麼的無助絕望。

方馨萍抬眼覷了對方一眼，暫時停下手邊的工作。

「如果到最後我判斷出的結果還是自殺呢？或者你忙得焦頭爛額，知道她的死因不是自殺導致，你又能為她做些什麼？要我提醒你，她已經回天乏術，再也無法起死回生的事實嗎？」

「萍萍，別說了。」方群出面拍了拍孫女的肩膀，適時解決了一度尷尬到不行的狀況。他轉移話題問道：「檢查的結果如何？有發現任何異狀嗎？」

「死者身體呈現浮腫狀態，眼球些微凸起，可以確定的是她當時是在水中身亡，屍體泡水的時間可能並不長，否則應該會出現表皮脫離，或者搬運時手腳還有可能會肢解的狀況。」方馨萍恢復冷靜，不帶感情的詢問馬克：「對了，你應該有聽過法醫的勘驗結果吧？」

「那個……唉……」

郝仁立刻出面幫忙補充：「這個說來話長，由我來解釋吧，他們兩人的故事是這樣開始的……」他將在車上聽來的一股腦全都說了出來，「……所以呢，心愛小姐的爸爸下令不准馬克靠近靈堂，他才會出此下策當個偷屍賊。」

「其實我還沒能了解所有的一切，之所以會衝動決定把心愛的屍體偷出來，是因為她的家人不讓我進靈堂看她就要送去火化……」馬克邊說邊發抖，想像著心愛在水裡求救無援的模樣就感到心痛不已，「我只知道當時警方打電話過來通知時，說心愛開著她父親送我的保時捷，掉進附近的河水身亡。」

「蛤！瞎密？心愛小姐的老爸未免也太凱了吧，還保時捷咧！」身為貧戶階級的郝仁忍不住大喊，「要是我馬子她老爸送我一輛 125 機車，就夠我跪著謝天謝地了。」

「那是心愛父親今年年初，很難得從美國打電話來說要送我的禮物，但是放在停車場裡我一次都沒開過。記得好幾次我曾經想開出去兜風，心愛卻說什麼也不肯讓我開出去，堅持一定要我開她的車。現在想起來真不知道她為何要這樣，或許她不希望我覺得有自卑感吧。」

「等等，你不是說她的父親強烈反對你們交往嗎？那為何還送你禮物？更何況是保時捷，幫幫忙！保時捷咧！」郝仁本能的提出疑問。

「其實我也不大清楚，雖然他對我不滿，但心愛總是他的寶貝女兒，或許他不希望自己的女兒跟著我受苦吧。」

「那我這人還真陰險，竟然以小人之心度君子之腹。如果換成我是心愛小姐的父親，厭惡她交的男朋友，那麼別說是一輛車了，我連拿出十塊錢用在他身上都嫌浪費。」郝仁冷笑了幾聲，「哼哼，當然啦，除非是另外想到什麼天衣無縫的計謀，想把那人置於死地才會……」

「馬克小子，那輛保時捷還在嗎？」方群摳了摳下巴問。

「據說心愛的父親早已經派人處理掉了，他說現在看到有關心愛的遺物都會難過得掉淚，等警方檢查確認無疑後，車子已經送去報廢了。」

郝仁等不及的追問：「老頭，你會這麼問，是因為發現了什麼不對勁吧？」

「嗯，我也覺得這事有點蹊蹺，剛才觸摸心愛小姐頸部時發現觸感有些怪異，記得多年前德國送來的一些貨物中，有一個十歲大的小女孩也有同樣狀況。」

「貨物？小女孩？」馬克俊美的臉龐堆滿了問號。

「這個嘛，有關你的疑問，一時間很難跟你解釋清楚，我們以後再討論。」郝仁拍了拍馬克肩膀，要他暫時先別節外生枝，「老頭，你的意思是當時小女孩頸部的觸感也跟心愛小姐的一樣怪異，那麼原因呢？應該有什麼特殊的故事吧？說來大家聽聽。」

方群並沒有思考太久，便回憶起當時的情況。

「我記得小女孩家非常富有，親生母親在她出生沒多久後便因病身亡，後來小女孩的父親再娶，對方已經有個十多歲大的女兒，兩人表面上還不錯，但其實繼母嫁進來的原因就是為了爭奪財產。後來小女孩的繼母去墨西哥一個小鎮，找到某種類似珍珠大小、色澤白潤的結晶體，據說那玩意可以散發出無色無味的有毒氣體。後母將東西藏在小女孩的房裡，久而久之小女孩就這樣不明不白的死亡，法醫鑑定後找不出任何原因，聽說那種罕見的氣體只有透過冷氣口才能揮發，目前找不出原理，這玩意連常接觸特殊毒品的專家也沒聽說過。」

「啐！真的假的？這故事怎麼聽都像是童話故事裡頭的情節，什麼壞心後母害死前妻小孩之類的……你乾脆跟我說那小女孩就是白雪公主算了。」郝仁嗤之以鼻的搖頭，「拜託！現在都什麼時代了。」

「哼！不信拉倒……本來這件事也沒人清楚真相，我是透過以前一位厲害的靈媒口述得知。」

「厲害的靈媒？」郝仁聽了眼睛一亮，「對了老頭！你趕快打電話請你那位厲害的靈媒朋友過來幫忙，相信心愛小姐的事很快就會水落石出，再說……哎呀！痛痛痛！拉人家耳朵幹嘛？有病啊？」

「有病的人是你，那位靈媒早就回老家去了，你要我去哪兒找他？去墳墓找還比較快！再說你以為厲害的靈媒這麼好找？百年間能出現個一、兩位就可以偷笑了。」方群哼了口氣搖頭。

「這位長輩，有關您先前提到的小女孩受害的故事，其實心愛的成長過程和她有點類似。」馬克忽然開口說道。

「瞎密！難不成你的愛人也有可怕的後母？」郝仁挑了挑一邊的濃眉，「靠！這世上的巧合也太多了吧。」

「是的。心愛的母親在她七歲那年因病過世，後來她的父親再娶，繼母也已經有個女兒。聽心愛說，那女人因為貪圖她父親的財產才會嫁進來，所以心愛一直對繼母她們很不友善。」馬克想起那天在靈堂外看到那對母女陰險冷笑的表情，更加深了他對心愛死因的懷疑。

「那麼冷氣呢？我們要不要趕快去你們的公寓查查看冷氣的事情？」郝仁趕緊提出建議。

「等等！」方馨萍摘下口罩，移步至消毒檯脫下手套，並仔細清潔手部，「為何吹同一臺冷氣，馬克卻好端端的活著？」

「你們聽我說，這只是我個人的猜測。」方群瞇起眼睛一臉的老謀深算，他一向對推理感興趣，「我們假設害人的毒品藏在那輛已經報廢的保時捷的冷氣口呢？再來馬克小子也說了，曾經開車的人也只有心愛小姐而已。」

「沒錯！心愛小姐堅持不讓你開那輛車，會不會是她老早就知情？」郝仁跟著附議。

「可是送我車的人是心愛的父親，而非她的後母。再說我跟她後母無冤無仇，她應該沒理由傷害我才是。」馬克陷入一陣模糊的思考。

方馨萍走了過來加入話題，「那麼如果想加害你的人是心愛小姐的父親呢？因為寶貝女兒選擇了跟他不喜歡的男人遠走高飛，雖然心裡不滿卻又不想傷害女兒的心，只好從其他方面著手，比如說明明討厭你，還送上名貴的跑車……」

「等等！可是這樣有點說不過去啊……如果心愛小姐的父親送車的目的只是為了殺害馬克，難道他沒想過他的寶貝女兒也有可能會上那輛保時捷？」郝仁又提出了個有爭議性的疑點。

「這推測確實有道理。」方群也認同，「雖然聽說這種有毒氣體不能讓人立刻致命，但長期吸進身體後就會有危險，那麼她父親又怎麼能夠保證他女兒不會上車？」

忽地，一個念頭閃過馬克的腦海，「對了！現在想起來就覺得奇怪，心愛從來不坐跑車，特別對那種底盤較低和引擎聲響大的車系排斥，她只要一上跑車，沒多久就會產生嘔吐和暈眩感，只是自從她父親送來那輛藍色的保時捷跑車後，她就改開那輛……可惜當時我陷入失去味覺的痛苦，對所有事情都變得不在乎，就算心愛出現了和以往不同的舉動，我也沒有過問。」

「唉！」方群無奈的搖頭嘆息，「如果你能多多關心身邊的人，事情或許會出現扭轉的機會。」

「等等！」郝仁驀然撐大右眼，驚恐的喊出爆炸性的言論：「所以我們幾個討論推測出來的結果，殺死心愛小姐的人，有可能是最疼愛她的父親？」

NO. 8 誰是凶手

「你說什麼！我女兒的遺體不見了？」吳廣元失控的狂吼。

「吳先生，請您先冷靜，我們醫院已經在第一時間聯絡警方處理，相信很快就會有消息的。」

因為吳廣元是知名人物，因此院方不敢怠慢。

「笑話！我女兒的遺體無緣無故不見，要我怎麼冷靜？你倒是說說看啊！」吳廣元掐住對方脖子猛烈的搖晃。

「老公，你別激動啊！」Amy連忙出面安撫先生激動的情緒，「我想這事他們一定會謹慎處理，你就先放過他吧。」

「咳咳咳！」院方人員掙脫後，伸手安撫自己被掐疼的脖子，連咳了好幾聲。

吳廣元板著臉孔提出警告，「哼！你們最好趕緊給我一個交代，想盡辦法也要把我女兒的遺體找出來，否則我吳廣元絕對會搞得你們醫院雞犬不寧！」

「是，請您放心。」

院方人員態度恭敬謙卑，目前先緩和大人物的情緒要緊。

畢竟這事件還真是難以理解的羅生門，醫院內設置的所有監視器，在今日正午十分的九分鐘內全部當機，而後火災警報器又臨時出狀況，就在這段時間內屍體便憑空消失不見。雖然警方派出多組人馬協助調查，調出所有可疑路口的監視器，但那邊傳過來的回應是——可能成為一樁懸案。

「那麼我先去忙了，一有消息我會立刻前來向你們報告。」院方人員退至門邊深深行禮，「請兩位待在貴賓室裡休息，如果有什麼需要，按下書櫃旁的銀色按鈕，馬上就會有人過來服務。」

「知道了，你去忙吧。」Amy微笑點頭，非常識大體的送對方出門，然後轉身朝向一張痛苦糾結的面孔，兩種情緒同時在胸口蔓延發酵。

欣喜的是老公的親生女兒消失在人世，那麼有關財產的部分，她和女兒有機會享受更多；害怕的是老公失去寶貝的親生女兒，如果突然間抓狂，她們會不會又什麼都得不到？

「到底是誰偷走了我的心愛？」吳廣元被攙扶至沙發上，雙手微微顫抖了起來，突然又激動道：「快！幫我聯絡馬克那個臭傢伙，看是不是他把心愛的屍體偷走的！」

「老公，我已經聯絡他好多次了，他的手機一直關機，另外我也派人到他們同居的公寓中找，管理員說他已經兩、三天沒有回家了。」

「這該死的傢伙！一定是他沒錯，不讓他進靈堂看心愛就給我使出這種下三濫招數，哼！最好不要被我抓到，否則肯定要他吃不完兜著走！」

「好了老公，先別生氣嘛。」Amy坐在吳廣元身旁拍了拍他的背脊，安撫那過於躁動的情緒，「來，喝口水。現在著急也沒用啊，我們先在這裡靜待消息，相信事情一定很快就會水落石出的。」

吳廣元推開遞向他的水杯，「我實在不懂，我們心愛當初為何會選擇那沒出息的傢伙，待在家裡不是很好嗎？家裡要什麼有什麼，想買什麼我這老爸都能買給她。我多想看著我的寶貝心愛穿上最美麗的婚紗，親手將她交給我所相信的男人。」

他懊悔的怨嘆，痛苦的把臉埋進雙掌中，「可是現在什麼都沒有了……」

「老公，拜託你別這樣，我看了好難受喔。」

「妳不懂！心愛是我最疼愛的寶貝女兒，以前她媽媽老是怪我只知道忙事業，沒能多陪陪女兒，可是心愛不曾抱怨，從小就是個懂事乖巧的女孩。我、我真是個失敗的父親，竟然讓她就這麼走了。」

「別這麼說嘛，你已經盡了父親的本分。倒是心愛，她不顧你的反對而和喜歡的男人遠走高飛，你不但沒有動用權力拆散他們，還送給她一棟高級公寓，讓他們過著衣食無缺的生活。」

「如果我真是個稱職的父親，當時說什麼都應該全力阻止，可是我就是捨不得心愛難過，所以只好睜一隻眼、閉一隻眼放他們走……結果那臭小子卻沒有好好珍惜她，竟然讓……」吳廣元一度哽咽得說不下去。

「哼，說到這個我就覺得氣！那個馬克還真夠忘恩負義的了，你年初的時候還不計前嫌，送了他一輛名貴的保時捷跑車，他不知感恩就算了，竟然還鬧到心愛開著車跑去自殺，簡直就是……老公，你怎麼了？」說著說著，Amy 發覺她先生的神情驟然變色。

「我、我沒事。」吳廣元搖了搖手，拿起茶几上的水杯灌進一大口。

Amy 不疑的繼續抱怨下去，顯然對送車的事頗有微詞。

「如果沒記錯的話，那款保時捷全球沒多少輛，連我們女兒 Lisa 都沒能開到這麼頂級的款式。對了，我想是不是也應該幫 Lisa 買一輛，畢竟她……」

「閉嘴！以後不准再提車子的事了！」吳廣元驀然大吼，打斷妻子的滔滔不絕，「那輛車已經送進報廢場，徹底消失了不是嗎？」

「嗯，對啊。」Amy 抿著唇，納悶的點了點頭，著實被她先生過分激動的模樣嚇了一大跳，「老公，為何只要提到送馬克的保時捷，你就……」

「閉嘴！妳要敢再提起我就翻臉！」吳廣元的神情猙獰。

「知、知道了。」Amy 飛快摀住嘴巴不敢造次。只是她實在不懂，為何她老公會對送出的保時捷有這般異常的激動情緒。

「對了，立刻幫我跟主辦單位聯絡，把所有演講行程全部取消，現在沒那心情了。等找到心愛後，我們立刻回家離開這裡。」

「知道了，我馬上去聯絡。」Amy 只能點頭接受命令。

吳廣元只要下定決心的事情，任誰都無法更改。即便接下來的幾場演講活動都是主辦單位多次致電誠心邀約，經過再三確認後才對外發布消息，現在忽然擺人家一道，情況真是難以收拾。

「心愛啊……一切都是爸爸的錯……是爸爸害了妳……」吳廣元再次陷入了懊悔的情緒中無法自拔。

◆※◆※◆※◆

「心愛，是我！聽到我說的話嗎？」馬克伸手撫摸手術檯上冰冷的屍體，力道彷彿像是怕弄壞什麼似的輕柔無比，「一切全是我的錯，該死的人是我而不是妳。為何老天會這麼狠心，帶走善良的妳……」

說著說著，馬克又忍不住痛哭失聲。

「唉！真是可憐的一對苦命鴛鴦。」一旁觀看著這般哀傷情景的郝仁也不知如何是好，只能頻頻搖頭嘆息，「真是令人心痛啊……」

方馨萍放低音量道：「就讓馬克好好跟心愛小姐道別，畢竟這是兩人最後相處的機會，不過待會兒該如何把遺體送回醫院？」

「這妳就別擔心了，爺爺我自有辦法，妳以為我千辛萬苦練幻術是為了啥？只要我聚精會神發功，到時把心愛小姐神不知鬼不覺送回醫院，沒人會發現啦！」

郝仁不著痕跡的拭淚，刻意壓低嗓音掩飾因難過造成的沙啞：「對了老頭，你說的那個什麼無色無味，不會殘留在人體器官內的毒氣，我倒是很想見識一下，到底是誰發明那種害人不淺的鬼玩意？害我以後看到冷氣機，心裡肯定會有疙瘩，就怕誰看我不爽，偷偷在裡頭下毒。」

「哈！你儘管放千百萬顆心吧！那種遠自於墨西哥巫術中罕見的毒物結晶，據說要有特殊的管道才能取得，並且價值連城。」方群揮了揮手，一臉不屑的模樣，「誰會為了害死你這個窮酸傢伙花大把鈔票？太浪費錢了啦！」

「啐！臭老頭，狗嘴吐不出象牙。」郝仁嘴角微微抽動著，差一點衝動的撲向前去，拔光方群少許花白的髮絲。

「暫時停火，我們先來討論正事。」方馨萍適時出面阻止眼前一老一少的對峙，「經過推測，凶手極有可能是心愛小姐的父親吳廣元，本來是想毀掉拖住寶貝女兒幸福的馬克，於是想了個辦法做出送跑車的詭異舉動，並且掩人耳目的在車內動手腳，卻壓根沒預料到命喪黃泉的人竟然是自己的女兒。如果猜想的沒錯，他現在應該陷入後悔的情緒中，難以接受這個殘忍的事實吧。」

方馨萍平淡的看待人世間的喜怒哀樂，只是這悲悽的氛圍，還是多少影響到她平靜的心情。

「沒錯、沒錯，竟然錯殺自己的女兒？」郝仁光是想像都覺得不可思議，全身起雞皮疙瘩，「要是我肯定立刻抓狂，乾脆跟著一起自殺，一了百了吧。」

「這臭小子未免太悲觀了吧！還跟著一起自殺。」方群猛然敲了下郝仁的頭斥責，打了一下後似乎上癮，乾脆一連敲擊個三次。

「喂！老頭，你這……」郝仁正想開口抱怨，耳邊卻傳來一道驚呼。

「戒指……心愛的戒指不見了！」馬克執起吳心愛僵硬的右手，俊雅的五官因焦慮而難得皺起。

「戒指?什麼戒指啊?」見對方心急的模樣，郝仁暫時忘卻應該和方群計較被打頭的事，趕緊走向手術檯了解狀況。

「那是我和心愛的定情戒指，三年前的某個夜晚，我跪在她面前，請她耐心等待我成功的那一天……等那天到來我就會娶她。我因為皮膚容易過敏，因此拔起來收藏在櫃子裡頭，但是心愛卻是從我為她戴上去的那一刻起就從未離身。她說那戒指就像是她的護身符一樣，怎麼會突然不見了呢?」

「好，你先別急，我去剛才的冰櫃裡頭找找看，搞不好掉在裡面。」郝仁連忙走向窗檯邊，打開從醫院運來的冰櫃，撲鼻而來的氣味讓他嫌惡的暫停呼吸。

這冰櫃的設計和美屍坊的冰櫃相差甚遠，美屍坊內的機器有著強力殺菌消毒以及將臭味全然消除的特殊功能，而從醫院偷來的冰櫃裡頭，卻是瀰漫著一股難聞的屍臭，以及福馬林的刺鼻氣味。

靠!還真想用力摀住口鼻，加上戴三層口罩。

但這景象要是被心愛小姐的靈魂看到，肯定會難過得要命，所以郝仁心想還是乖乖的忍耐著，認命當他的超級大好人。

「奇怪，冰櫃裡面也沒有……啊！會不會心愛小姐的家人已經把戒指摘下來了？」

「沒錯，這答案非常具有建設性。」方群難得頻頻點頭稱讚。

「或許吧……看著寶貝女兒戴著無法帶給她幸福的男人送的戒指……」馬克淡淡的微笑，笑紋牽動著臉部慘澹惆悵的線條，「唉！其實我非常能夠體諒心愛父親的心情。」

「屍體泡過水呈現輕微浮腫狀態，特別是臉部以及四肢的部分最為明顯，我剛才檢查死者右手的無名指時發現一道明顯圓形的深刻勒痕，看形狀猜測應該就是戒指所留下來的痕跡。」方馨萍以淡漠的口吻陳述事實，並刻意往方群的方向看去。

「喔喔！」郝仁理解的點頭，跟著方馨萍的目光瞥向矮小的個頭，「馨萍姐的意思是，心愛小姐的手指因為浮腫，所以大小維持不變的戒指就會顯得格外緊繃，無名指被勒出明顯的傷痕，代表不久前戒指應該還在手上，那戒指一般人恐怕難以拔起，除非是專業級的小偷，或者是老愛動屍體歪腦筋的累犯。」

「嗯哼。」方馨萍微笑點頭回應。

「你問我愛你有多深，我愛你有幾分……」方群故作沒聽見兩人語帶玄機的對話，甚至開始哼唱起膾炙人口的老歌。

「爺爺。」方馨萍踏著優雅的步伐至方群面前，接著攤開掌心，「還不準備把戒指交出來嗎？」

「什、什麼？我哪有拿什麼戒指？」

「老頭，再裝嘛！上次被馨萍姐抓到偷走焦黑屍體的無名指當牙籤玩，這次又被抓包偷人家的定情戒指，我說老頭，你光是從往生者那裡賺來的錢已經數都數不清，應該感到知足了吧？」

「哼！錢永遠不嫌多，多多益善啊。我這輩子最大的願望，就是把世界上所有的錢全放進我的口袋，因為我有我需要完成的重要使命！」

方群短短的右腳在光潔地面踏了又踏，仍然不準備將東西交出來，怎知一時間沒做好防備，讓位在身後的郝仁以迅雷不及掩耳的速度將手探進他腰側的口袋，絲毫不費力氣的將戒指搶了回來。

「哈哈！拿到手了，老頭你百口莫辯了吧！」郝仁將手舉高，即便方群猛然彈跳，卻礙於那矮小不及一五〇的身高而一點辦法也沒有。

「還扯什麼重要使命咧，說得跟真的一樣。」

「喂！小偷！快把戒指還給我！」方群不悅的指控。

「你才是老賊咧！不是你的東西就少在那邊痴心妄想。」郝仁壓根不理會方群的無賴性格，大步走向手術檯前，不忘和方馨萍擊掌，「哈！馨萍姐，我們真是合作無間啊。」

「萍萍，妳別老幫著外人欺負我，要知道我可是妳的親爺爺耶！」方群不可理喻的繼續胡鬧，拔高的怒吼聲迴盪在整個室內。

這般失控的情況，方馨萍老早就司空見慣，一點都不覺得訝異，況且只有她最清楚方群的死穴。

「好吧！請爺爺做個選擇，要戒指還是收藏的懷錶？」

方群心裡悶到不行，「哼！就會拿懷錶的事情威脅我。好，我不要戒指可以了吧！再說我那收藏多年的八十多個懷錶價值連城，豈是這一枚小小的一克拉鑽戒能夠相提並論的！」

方群這番任性的言論立刻遭到郝仁批判：「哼！敗金的老頭，我對你真是徹底的失望。」他無奈的搖了搖頭，走至馬克身邊將戒指還回去，「心意的價值是無可衡量的，戀人的情意那麼溫暖動人，你活了大把歲數竟然還沒能體會，差勁！」

「啐！你這臭小子倒是挺浪漫的嘛，難怪以前身旁跟了幾個怪東西，還能在那邊嘻嘻哈哈。」方群嗤笑了下。

「那還用說，我郝仁當然是浪漫主義者，所以女人們……等等！老頭，你剛才提到的幾個……難不成你知道我……」與鬼老婆們的關係，郝仁至今未向人提起。

「嗯哼，雖然不是很清楚，不過我大概能夠感覺得出來，哈！比較難理解的是，你怎麼能忍受那麼多醜陋的……」

「閉嘴！老頭，我不准你隨便批評她們！」

「誰批評了？我不過是實話實說。」

「別吵了！我們現在是不是該想辦法，把偷出來的遺體送回醫院去。」方馨萍雖然不知道兩人在打什麼啞謎，不過那都不是目前應該討論的事，「外面肯定鬧得滿城風雨，不能再拖下去了。」

馬克憐惜的吻了下吳心愛的手背，滿懷著心疼和愛意想重新將戒指套上，「心愛，妳說過護身符絕對不能離開身邊的……」

浮腫的手指和戒指大小出現差距，但奇怪的是當馬克輕柔的嗓音安撫之後，戒指竟然順利的滑入吳心愛那浮腫的無名指上。

「心愛，我的心愛，抱歉又得讓妳孤單了……」馬克伏在她的頸間啜泣，即便是冰冷的屍體他也想留在身邊，千萬個捨不得放她走。

「你別這樣，人死不能復生，請節哀順變吧。」郝仁體貼的拍了拍馬克肩膀，非常能夠感同身受，即便是他對八位名義上的鬼老婆並非愛得濃烈，卻也在道離別時心痛得難受，更何況是一對相互痴戀的愛人呢。

「噴……心超痛的。」

老實說，這一切根本不關郝仁的事，躺在手術檯上冰冷的屍體更不是他的愛人，但為何此時此刻胸口忽然襲來一股難以承受的莫名壓力，刺得他的心好痛好痛。

「喵。」

忽地，一道銀白身影自窗戶邊緩緩進入美屍坊圓屋內，輕巧的躍上了郝仁的左肩。

「王子貓，你來啦，好久不見。」郝仁微笑的伸手順了順牠柔順的毛髮，王子自那晚被他的紅眼睛嚇得竄逃後，就一個星期不見蹤影。

「喵～嗚～」王子似乎很享受被撫摸的感覺，伸出小巧的舌頭回應般的舔了舔郝仁的耳殼。

「哈！癢死我了。」郝仁笑著閃躲。

「喵～嗚！」王子驀然朝馬克的方向弓起身軀。

「王子貓，拜託你給我禮貌點！」郝仁拍了下肩上瞬間僵硬的小身體，並敘述事情的經過，「他是我的新朋友名叫馬克，而躺在那裡的是他的愛人心愛小姐，他們……」

「喵～喵～」

「唉！我也覺得他們很可憐，可是能怎麼辦呢？畢竟人死不能復生。可惜的是馬克似乎還有很多話想跟心愛小姐說，但後悔也已經來不及了。」郝仁無奈的搖頭嘆息。

見狀，方群和方馨萍兩人訝異的互相交換眼神。

「呿！那貓只會在那裡喵喵叫，臭小子真的聽懂了嗎？」方群心裡不好受，嘴裡咕噥著：「要不是看牠銀白毛色稀有的如月光，資料上也查不到牠的品種，所以一直想引誘牠來我們家做種貓，搞不好生出的小貓能在拍賣會上引起風潮。但討好這隻怪貓比登天還難，郝仁這臭小子到底是怎麼辦到的？」

方群曾經百般試圖想要討好這隻偶爾來訪的怪貓，卻每回都吃癟，即便送上最好的食物，牠也總是一副高傲到不行的姿態，甩都不甩人。

「喵～～～～」

這是一聲格外拉長的呼喚，聽來實在哀悽。

「什麼？你要我幫助他們？拜託！我也很想啊，可是根本就無能為力。再說我又不是老頭說的那個什麼百年難得一見的靈媒，可以替死去的心愛小姐傳達未能交代的遺言。」

「喵！」

忽地，王子從郝仁的肩膀跳至手術檯，同時也驚動了伴隨在心愛遺體旁的馬克。

「王子貓，你到底想幹嘛？不要打擾到人家最後能夠相處的短暫時間。來，我們去旁邊。」郝仁稍微傾身，朝王子伸出雙臂努力誘哄著。

「喵！」王子這叫聲變得猖狂，寶藍色的眼珠子從原本的慵懶轉為銳利，優雅的身體弓起成備戰狀態。

「你這不聽話的小東西，既然軟的不吃，那就別怪我來硬的。」郝仁邊說邊捲起兩邊衣袖，準備上演逮貓記。

怎知王子忽然飛撲向郝仁的臉頰，貓爪一揮便順利將戴在郝仁左眼上的黑色眼罩扯下，然後飛快的躍上窗檯，迅速從窗戶的縫細竄逃出去。

「喂！這不知好歹的臭貓，非要把我弄瞎了才甘願是吧？」郝仁揉了揉被貓爪擦到有些刺癢的左眼，而後緩緩睜開左眼適應光線，那角度剛好對上了躺在手術檯上的屍體。

「阿仁，你的眼睛？」

馬克不可置信的看向那詭異的紅眼，從原本的暗紅轉變成寶石的色澤，火紅眼球微微凸起，閃爍著耀眼的光澤，將美屍坊室內染上一層迷幻色調。

「臭小子，你的眼睛到底怎麼回事？」方群以迅雷不及掩耳的速度貼近郝仁，一雙老眼眨了又眨，見識過許多稀奇古怪事物的他也難得露出震驚的表情。

「哎呀！被大家看到我這丟人現眼的紅眼睛還真是糗啊，呵呵，抱歉嚇到大家了。」郝仁不好意思的搔了搔頭，不知該怎麼解釋才好，「你們大家別問我理由，老實說我也不知道為何會變成這副蠢樣。」

郝仁之所以說什麼也要戴上眼罩，就是害怕面對大夥兒這副看到怪物的表情。原本一切天衣無縫，沒想到卻被王子搞砸，揭露他壓根不想公諸於世的神秘景象。

「阿仁，你！」一向淡定的方馨萍也不免驚訝。

她知道郝仁的左眼是被石頭打傷，並且紅腫得非常嚴重，多次勸他去看醫生，他卻說什麼也不肯，勉強貼塊紗布說要遮醜。

當時 Tony 見那紗布沾到水變烏黑的模樣實在看不下去，於是幫郝仁縫製了簡單的黑色眼罩，但壓根沒想到藏在眼罩下的竟然是如此驚訝的秘密。

「我……唉！這真是說來話長啊，一時之間很難向大家解釋，我看你們就暫時饒過我，以後再說吧，呵呵……」郝仁乾笑幾聲，想要化解尷尬。

正當大夥兒全被郝仁的紅眼睛抓住視線之際，沒人注意到平躺在手術檯上的屍體忽然之間開始起了異樣的變化，慘白的臉蛋微微泛紅，身體有一下沒一下顫抖了起來，十隻手指以緩慢的速度敲打著冰冷的檯面，驀然睜開的眼眸對向前方發亮的紅寶石眼球，身體抖動的情況開始變得一發不可收拾，劇烈的搖晃讓手術檯跟著發出轟隆聲響。

「心、心愛！」

在馬克驚叫的同時，在場所有人也發現了這個駭人的景象。

「靠！這不會是在做夢吧？」郝仁不可置信的大喊，雙腳一步步往後退卻。看到屍體森冷的感覺不大好受，但是死者還魂的恐怖畫面又是另外一回事，尤其是那雙空洞的眼雙正和他對焦。

「馬克，你確定她她她……真的死了嗎？」

「心愛？」相較於眾人臉部的驟然變色，馬克反而欣喜不已，「難道上天聽見我的祈求，決定把妳還給我了嗎？」

「難怪老天爺會牽引著阿仁和爺爺相遇……」方馨萍冷靜的分析，「我們靈界已經好久沒出現叫人驚豔的鬼才了，爺爺你說呢？這紅眼睛有沒有可能是往生者的靈魂短暫回到人間的窗口？」

方群搓了搓下巴沒有回應，只是毫無預警伸手將不斷往後退的郝仁往前推去。

「喂！老頭，你幹嘛？」郝仁趕緊找回身體平衡點，想繼續後退卻遭到背後的力道阻止，「放開我老頭！馬的！整天在那邊大喊自己老了不中用，現在手勁倒是挺強的嘛！」

「臭小子不要反抗！」方群用盡全力阻止郝仁的掙扎，「靠過去點仔細和心愛小姐對望，我想你的紅眼睛應該有什麼蹊蹺。」

聞言，郝仁猛然將頭轉向別處，「不不不！你這老頭瘋啦！誰會笨到跟鬼對望！」

「臭小子，叫你看就看，少孬種了！」方群不悅的催促道。

「孬種就孬種，反正我不想就是不想，最好不要逼我。」郝仁不斷掙扎，卻也沒法馬上掙脫。

但人最犯賤的是，越不能看的東西卻老是抵不過心中的好奇。就在一陣拉扯間，郝仁的眼眸不經意掠過他不想停留的方向，雖然只有短短一秒鐘的時間，他的左紅眼確實對上了吳心愛的雙眸，頓時他的四肢像被定住般動彈不得。

「靠！我好像不能動了！老頭，快、快點幫我！」郝仁驚恐的求救，下意識的閉眼。

「閉嘴！那不是重點。」方群乾枯的食指比向前方，蒼老的嗓音難得揚高八度，多希望能有幸能再見到奇蹟，「看樣子心愛小姐似乎真的要回魂了。」

「哇靠！真的還假的？」郝仁跟著偷偷掀開眼皮，這麼一瞧頓時嚇出一身冷汗，趕緊又閉上眼睛，「太太太……太可怕了吧！」

原本平躺在手術檯上的屍體倏地坐起身，軀體猛烈的顫抖後暫時停了下來，一張臉還是同樣的槁木死灰，可嘴角揚起溫柔卻令人毛骨悚然的弧度，毫無溫度的眸光周圍逐漸吐露出晦暗的影像。

「心愛小姐……我郝仁與妳無怨無仇，再說害死妳的人也不是我，妳、妳可千萬不要找錯對象啊……」郝仁緊張到結巴，雖然身體動不了，上下排牙齒卻抖動得厲害。

「阿仁，快點看著心愛小姐，平心靜氣的好好看著她。」方群放緩激動的情緒，試圖導引菜鳥鬼才進入狀況。

郝仁想也不想立即反駁：「你這見死不救的老頭別想害我！如果出事了怎麼辦？我還年輕剛滿十七歲沒多久，未來還有大好人生要過耶！」

吳心愛無助纖細的身軀此刻在手術檯上動也不動，就像一尊僵硬的雕像，一雙空洞的眼眸直直看向前方，似乎正等待著什麼似的。

「心愛？妳跟我說說話，心裡有什麼委屈？或者妳罵我也好。」馬克著急的看著異常舉動的吳心愛，心中對她的虧欠感梗在喉頭灼熱疼痛。

「我說阿仁，依照現在的情況，你若是不照我的話去做，事情只會越來越糟。」方群開始勸說，「我想心愛小姐應該沒啥惡意，只是想透過你來傳達她最後的願望罷了。你有良心的話，就好心成全他們吧。」

「老頭，那我會怎麼樣？如果回不來了呢？你能確保我毫髮無傷嗎？」

「如果是天意，那就由不得你。快吧，伸頭一刀、縮頭也是一刀，你就別再浪費大家的時間了。」方群拍了拍郝仁的胸膛安撫。

他果然沒看走眼，郝仁這個看似平凡的小子，體內深藏了無法預測的能量，打從第一次在公園看到郝仁時他就這麼認為，至於擁有什麼力量當時還不清楚，所以他想盡辦法將郝仁留住，並且耐心等待這臭小子爆發的一天。這天看來終於要來臨了……

「靠！我郝仁真是衰到家，早知道以前多聽老媽的話，應該勤勞的多去廟裡拜拜。」郝仁苦著一張臉，想移動身體卻無能為力。

「阿仁，你想怎麼決定？」方馨萍雙手環胸，開口說話一針見血，「這麻煩是你自己找來的，再說以你的性格來看，若今天不蹚這渾水，將來肯定會為了沒幫到這個忙而覺得惋惜。」

方群緊抓郝仁那容易心軟的個性，唱作俱佳的加油添醋接著說：「是啊，決定權確實掌握在你手中，但眼前這對苦命鴛鴦可是僅剩這麼一次相見的機會，又不是牛郎織女每年七夕至少還能在鵲橋相聚，唉！誰來幫幫他們啊？」

「我……那個……唉！」郝仁口張了又閉，閉了又張，似乎受到動搖，「好好好！要我仔細看心愛小姐的眼睛是吧，那我就拚了命的看清楚可以了吧！」

郝仁心不甘情不願的把頭轉向前方，深深的吸了一口氣後再將閉起的眼眸打開，這一次他不再閃躲，視線直接對上了吳心愛的瞳眸，深深的，就像要看透她的靈魂般。

忽地，火紅的左眼散發出如鮮血般的色澤，隨即開始以螺旋的方式轉動了起來，越發閃亮……

「啊——」

郝仁痛苦的大叫了聲後立刻昏厥過去，身體如同棉花般柔軟的搖晃，直到一團晦暗的影子竄進了那寶石般的瞳孔。

NO. 9 菜鳥的第一次安魂

「阿仁，還好嗎？」

「臭小子，現在覺得如何？」

方群和方馨萍爺孫倆下意識的向前想接住那搖搖欲墜的身軀，在手即將接觸之前，那癱軟的身體卻又在一瞬間恢復力氣，安穩的立起身來。

「阿仁，是你嗎？」方馨萍總覺得眼前的男兒身，流露出一股不應存在的媚態。

郝仁的身體暫時沒有動靜，但皮膚的色澤逐漸染上一抹深沉的灰。

「看來心愛小姐的魂魄透過紅瞳孔進駐，暫時附身在那小子的身體裡，給心愛小姐一點時間，她會慢慢適應的。」方群緊盯著瞬息的變化，連眨下眼都捨不得，「這幕不可思議的景象，我可是好久沒見過了。」

「那麼爺爺，阿仁呢？他還好吧？」方馨萍蹙著眉詢問。

「哈！別擔心，我看那傢伙八成是睡著了，他啊目前道行還太淺，能做到現在這種程度已經夠了不起了。」

「馬克……」

一聲輕柔卻空靈的嗓音傳來，讓沉寂絕望的馬克眼神驀然發亮，他起身移步至聲音來源處，昂揚的身軀因不斷顫抖而顯脆弱。

「是妳嗎……心愛？」馬克拉住對方的雙手激動的低喊，雖然沒能感受到那柔軟的觸感，但他清楚知道此時此刻矗立在眼前的，就是他所深愛的女人。

「馬克，我真的好想你……」

吳心愛細細的音調無助的迴盪在整個空間內，聽了讓人心酸。

「心愛，真的是妳……」馬克撫摸著眼裡看到的愛人那張美麗的臉龐，滑動的指尖因為害怕眼前只是幻影而不斷顫抖著，「心愛，是我對不起妳，害妳受苦了。」

馬克說著，一把將吳心愛帶入懷中，縮緊雙臂的力道一度讓對方無法喘息，「快跟我說說話，說什麼都行。」他好怕往後再也聽不到熟悉的聲音。

方群嚥了下口水，皺巴巴的嘴唇張了又闔，似笑非笑，「真是……恭喜兩位能夠再次見面……嗯……」

天人永隔的戀人再度相擁，應該是格外動人心弦才對，但眼前的畫面實在滑稽到了極點。郝仁的身軀裡此刻進駐的是吳心愛的靈魂，但他方群用肉眼上下左右瞧，看到的卻還是那高大莽撞的身形。兩個大男人哭哭啼啼，緊緊纏在一塊兒互訴衷情，怎麼看都像電影《斷背山》的翻版。

馬克暫時收起悲傷的情緒，心急的想詢問仍然是謎的一切，「心愛，告訴我妳不是自殺的對吧？剛才妳聽見了我們的推測嗎？」

「我很抱歉爸爸他竟然想傷害你。一開始我也被蒙在鼓裡，以為他真的願意接納我們相愛的事實。可是……誰想到結果會這樣呢？爸爸不喜歡你無所謂，但怎麼能做出如此殘忍的行為。」

「結果伯父想傷害的人好端端在這裡，卻讓妳……」馬克心疼的拭去她眼角的淚，忍不住深深地嘆息，「唉……」

「好在發生事情的是我而不是你，否則我會一輩子抱著痛苦的心情苟活在人世。不！我一定會跟著你走！」

「妳這個傻瓜！」馬克無奈的再嘆了口氣，低啞的嗓音吐露在愛人的耳際，「妳總是給人溫柔婉約的感覺，一旦碰上和我有關的事情，卻永遠都是那個站在最前頭、張開雙臂抵擋困難的堅強女人，心愛妳太傻了……」

「呃，抱歉先讓我打個岔。」方群理智的想破解疑點，「如果心愛小姐早就知道跑車被動了手腳，為何還會把車開出去？」

馬克也想解決心裡多個疑問，「是啊心愛，妳早知道車裡藏有毒物，所以當時我好幾次說要開車出去妳都強烈反對。可是妳又為何這麼做？」

馬克現在想起來覺得自己真蠢，還一度以為心愛覺得他配不上那輛名貴跑車。

「我會選擇開車投入河裡，其實……還有其他原因。」

「我不懂！到底是什麼原因讓妳下這麼大的決心放棄美好的生命？」馬克難掩激動的情緒。

「唉……該怎麼說呢？我……其實……」難堪的事實難以啟齒，吳心愛卻又不能不說明白，「要是馬克你沒失去味覺就好了，那麼我們也許就不會像現在這麼悲哀……你之所以失去味覺其實並非意外，這事和我父親脫不了關係。」

聞言，馬克驚訝的蹙起眉心，「妳是說伯父害我失去味覺？」

「嗯。年初，也就是爸爸打電話來說要送你保時捷跑車的一個星期前，我回美國時不小心聽到的，兩年前他委託人請巫師作法點住你的穴道，以為讓你失去味覺、丟掉工作後我就會乖乖回家，卻沒想到我們還是沒分手，於是他才會想到在車內冷氣口注入毒氣。」

「這……怎麼會？」這消息讓馬克一時間無法承受。

「當下我知道這情況後一直不敢告訴你，深怕你會因此討厭我，所以只好偷偷藏在心裡，直到終於發現可以解決的辦法。」

「發現什麼方法，嗯？」這個脆弱的小女人默默承擔一切，想到她當時害怕自責的心情，馬克就覺得心疼不已。

「我……」

「心愛，到底是什麼方法？」突然，馬克直覺這方法肯定會讓他徹底失控。

「那個……」

吳心愛支支吾吾的，倒是旁人道出了可能的猜測。

「我曾經聽過有關於點住身體穴道的事，比如讓對方失去視覺、聽覺或者味覺等等。這法術要施行可得費盡心力，除了生辰八字、天時地利之外，還要藉助靈界不可思議的力量，一旦成功後就難以破解，除非被下詛咒的人遭逢劇變……」方群遲疑了下，看了馬克一眼，又開口：「比如說，最愛的人突然身亡。」

聞言，馬克倏地撐大雙眼，「心愛，別告訴我妳離開人世，是為了挽回我失去的味覺？」

「我……爸爸之所以會如此殘忍，其實都是因為我的緣故，特別是我母親走後，他決心再娶，我因為替母親覺得不甘，從此選擇對他冷漠。我知道馬克你為了達到爸爸的要求而不斷努力，其實你已經很優秀了，只是永遠達不到他無止境的要求。」

吳心愛緩緩道出事情真相，把握唯一能夠解釋的機會。

「為了把我這叛逆的女兒留在身邊，他才想要除掉任何靠近我的男人……我之所以選擇這麼做，除了希望你重拾往日的自信和努力，另外也想代替我父親贖罪，要怪就怪我對他不聞不問。所以……請你不要恨他，也不要繼續追究了。」

「心愛！」馬克再一次激動的擁住她，胸膛間的觸感並不柔軟，但確實有股屬於心愛獨特的溫暖氣息，「妳真的好傻……妳都不怨恨了，我又怎麼可能討厭妳的父親呢……」

這個傻女人，為她心愛的兩個男人付出了所有的一切啊！

「謝謝你，親愛的，遇到你後我才體驗到，這世上許多我從來都不知道的快樂。」

「我才要謝謝妳，妳是如此善良，包容我的任性、我的墮落。曾經我還信誓旦旦，說要讓妳成為世界上最幸福的女人，結果卻落到這樣的地步。我真的好對不起妳……」

「親愛的，我很快樂啊！只要能待在你身邊，我就是世上最幸福的女人。」

話語聽來真誠，一如心愛全心全意付出的性格，那麼的惹人憐愛，讓人心動。

「即使我向下沉淪，整日借酒消愁，妳卻還是沒放棄，一直在身邊守候著我。沒有妳，往後的日子我該怎麼過下去？」提及過去，馬克幾度哽咽出聲。

「呃！」吳心愛感到一陣抽離的力道，她知道自己時間不多了，因此趕緊叮嚀：「我希望你能恢復失去的味覺，再回到工作崗位上發揮你的專長。」

「就算找回味覺又有何用？再也喚不回妳了不是嗎？」馬克勾起一邊嘴角，笑容顯得苦澀，「我一切的努力都是為了讓妳父親認同，為了能夠配得上妳……只是現在，夢已經全然破碎了。」

「怎麼會沒用？你對味覺的敏銳異於常人，只是苦無機會發展長才，我有信心你一定會成功。」

「心愛……」右手輕撫愛人的肩頸，馬克淡淡的嘆了口氣，「這世上只有妳認為我是天才，為何妳對我這麼有信心？說真的，其實連我都不相信自己了。」

「親愛的，你要記住，重新振作起來，然後找一個愛你的人，享受往後的美好人生，知道嗎？」體內抽離的感覺越來越強烈，雖然吳心愛並不想離開。

「我只要妳，只想跟妳一同攜手度過未來的人生。」

「那麼，把我留在這裡吧。」吳心愛掌心貼在馬克寬厚的胸口，心裡的不捨和愛意緩緩滲進了皮膚，讓一股暖流加促了血液的流動，「只要痛苦難受或者快樂的時候，你撫摸這裡，就像是我存在一樣……可是你無論如何要答應我，以後一定要再遇到深愛你的女人，過著幸福快樂的人生。」

馬克好怕聽到心愛的女人臨別前的祝福，猛烈的搖頭拒絕，「不行！我不能接受！」

「拜託你答應我，就當是我最後的願望……我、我一定要看你得到幸福……」忽然間一股壓力席捲而來，讓身形開始變得扭曲，吳心愛痛苦的發出吶喊，頓時失去力量癱軟而下，「啊……」

「心愛！」馬克驚恐的接住那瞬間往地面倒去的愛人，看著懷中的愛人逐漸變得模糊，胸口糾結疼痛，「拜託不要離開我……」

「親、親愛的……你一定要幸福，好嗎？」心愛沙啞的嗓音只剩下微弱的氣息。

「好，都依妳，我會為了妳努力尋求幸福的。」馬克哽咽的保證，這或許是現在唯一能替她做的事了。

「那我可以放心的離去，沒有任何遺憾了……還有，替我謝謝這個身體的主人，感謝他沒嫌棄我這個不堪的魂魄……」

「嗯。」馬克點頭，透過深情的眸光傳達心中的不捨。

「親愛的……如果真有來世，我們還會再相遇……對吧？」吳心愛用那殘存的力氣開口，眼中晦暗的影像褪去，轉而逐漸明亮。

「嗯！我們一定會再相遇，無論如何我都會找到妳！」

「那時我們要好好相愛……共組一個快樂的家庭，然後……白頭偕老。」

「心愛，請相信我。如果真有來生，我一定會實現這個承諾。」馬克胸口疼痛不已，咬牙忍住一不小心就會潰堤的淚水。

「馬克，你要記住我愛你……」心愛顫抖的右手緩緩伸向馬克臉頰，卻在即將觸碰到時垂落至地。

「心愛？心愛——」馬克咆哮大喊，忍不住搖晃那雙不屬於她的肩膀。

「看來時辰到了，還魂的時間最多維持十分鐘，沒有再一次的機會了。」方群感傷的嘆道。

方馨萍點頭，「能夠擁有再一次重逢的機會，哪怕只有短暫的幾分鐘，許多想說卻還未說的話都能……」如果她早一點認識阿仁該有多好，或許可以透過他的幫忙，讓她對某個離去的人說些自己想說的話……

「心愛！拜託妳醒醒，不要丟下我一個人！」馬克緊緊的擁抱住癱軟在懷中的身軀，失控的狂吼吶喊，雙脣貼在郝仁頸間，渴望汲取她特有的氣味，即便那已經是男人渾厚的氣息。

「喂喂喂！你這是在做什麼？」郝仁才回魂便發現自己被緊緊擁入陌生的懷抱，兩片熱熱的脣貼在頸間，那觸感倏地讓他身體起一陣雞皮疙瘩。

「你那什麼痛苦表情？我被你強抱才想吐咧！我可要強烈聲明自己沒有斷袖之癖，馬克你可最好別打我的歪主意。」猛然推開箝制住他的雙臂跳起身，郝仁雙手交叉往頭頂上拉了又拉，「靠！全身筋骨痠痛到不行，剛才是出去跑馬拉松喔？」

「阿仁，還記得剛才發生的事嗎？」方馨萍好奇的詢問，並體貼送上一瓶礦泉水及毛巾，「喏，拿去把汗擦一擦。」

「謝啦！渾身臭汗到底是怎麼回事？」郝仁拿起毛巾隨意在臉上抹了抹便把它掛在脖子上，接著扭開礦泉水瓶蓋，猛烈的將水灌進口腔，剛醒來腦袋呈現一片渾沌，「對了，馨萍姐剛問了什麼？什麼記得什麼之類的？」

「哈，我就說這小子呼呼大睡了。」方群取笑的說著：「這樣也好，若讓他醒著經歷方才的悲哀畫面，以他多情細膩的性格肯定是哭慘了。」

「啐！老頭，你可別隨便亂誣賴人，誰會哭啦？我是男子漢大丈夫OK？再說我哪有呼呼大睡，明明是心愛小姐——」話說到一半戛然而止，郝仁忽然想起方才驚恐的過程，趕緊問道：「對了，心愛小姐回魂了不是嗎？還有，老頭不是一直強迫我仔細盯住她的眼睛，接著身體突然有種要被抽離的感覺，然後……對了，然後咧？」

郝仁轉頭看向手術檯，正當他感到疑惑的同時，平靜的屍體忽然再度起了變化，吳心愛的大體莫名開始顫動了起來，上下左右不停的彈跳，讓手術檯發出劇烈的碰撞聲響。

「心愛？」馬克向前按住震盪的身軀，深怕她的遺體會因此受到損害，「怎麼了心愛？妳不要這樣傷害自己……」

見狀，方群跟著走向前去，壓根沒預料會發生此種緊急狀況，「不好了！心愛小姐的魂魄因為太過捨不得離去而大體躁動，造成了無法順利回到原本該去的窗口。」

馬克著急詢問：「請問，如果回不去又會如何？」

「如果回不去，最糟的情況就是魂飛魄散，永世不得超生。」方群沉重的道出這個殘酷的事實。

「不行！如果心愛永世無法超生，那我對她的承諾又怎麼可能會實現？我答應了她，來生還要再和她相聚！」馬克這下緊張了。

郝仁也忙著幫腔：「老頭快點幫忙想想有沒有什麼解決的方法？我們這裡也只有你有這能耐了。」

永世不得超生？未免也太慘了吧！那不是跟他的八個鬼老婆一樣可憐……

「現在除非找到擁有安魂能力的人，否則這下真的沒轍了。」方群搖頭大嘆。

「那老頭你還在這邊淡定幹嘛？快去找來啊，總不能就這樣見死不救吧！」

「這臭小子，我不是跟你說過，擁有安魂能力的鬼才這世上百年來能出現一、兩位就不得了了，我曾經有幸認識一位，不過那人已經駕鶴歸西。」

「蛤！那怎麼辦？」郝仁也跟著急了起來。

馬克難以接受這個噩耗，痛心疾首的凝望那抖動不止的嬌軀，痛恨自己的無能為力。

「馬的！老天爺未免也太折磨這對苦命鴛鴦了吧？害我也覺得很想哭咧。」郝仁踏著沉重的步伐走向前去，看著抖動越發激烈的屍體不再害怕，反而有些於心不忍。真是可惡！為什麼他一點辦法都沒有？

「老天，拜託不要再傷害心愛小姐了！」

一記猖狂的咆哮在室內傳開來，這麼一吼讓郝仁的身體跟著發熱了起來，胸口源源不絕的湧現出熱流，緩緩流向右臂，往下蔓延至指尖。雖然郝仁對這股突如其來的激盪感到陌生，但他放任自己的心意，讓那股散發出的熱源貼向了吳心愛的左胸口。

「阿仁！你這混蛋竟然想趁人之危！小心我……」

方馨萍本來準備衝上前去，卻遭到方群阻止：「萍萍，讓他去。」

方群瞇起眼眸看向郝仁的表情，胸口期待的因子猛然作祟，他曾經看過安魂的過程，據說每一位靈界中少見的鬼才安魂的方式都大不相同，但全是這般安詳寧靜。就像此時此刻，美屍坊充滿科技感的空間緩緩注入了某種溫暖安定的能量。

「心愛小姐，請放心的去吧，我們會為妳祝福的。」

郝仁溫柔的嗓音像流水般撫慰她，也安撫了馬克激動的心靈，使原本激烈搖晃的屍體就這樣奇蹟似的靜止不動。

方群和方馨萍訝異的目睹眼前的景象，打從心裡覺得此為人生中看過最美最美的畫面，而後郝仁不由自主握住馬克的手，以自己作為媒介，讓天人永隔的兩個悲痛的靈魂再次相互貼近，彼此安撫溫存最終的一刻。

忽地，郝仁唱起不知名的曲調，那些聽不懂的歌詞彷彿是古老的祭文，透過他沙啞淳厚的嗓音，哼出一道道空靈的旋律。

「那是安魂曲啊！這小子竟然擁有安魂的強大本領，真不可思議！」方群詫異道。

「爺爺，阿仁唱的是什麼語言？」方馨萍著迷的問，耳邊迴盪著溫暖的旋律，使她放鬆身體的每一根神經。

「那是靈界失傳已久的安魂祭文，沒想到在我有生之年還能夠再次聽到。」方群難掩激動的情緒，「我還記得祭文的後段，那是許久以前已故的友人曾經翻譯給我聽的……」

願黃土溫柔的覆蓋你的軀身
願雨水洗淨過去的痛苦怨恨
願淚水化為滋潤大地的養分
讓愛永生……

馬克凝望著躺在手術檯上的愛人，透過郝仁的掌心，感受到她無怨無悔的愛；他也將自己的心意傳達過去，告訴她，自己這輩子能夠和她相遇是最美好的回憶。

就在此時此刻，馬克捕捉到心愛那抹輕微揚起的笑容，一抹最美最幸福的笑靨，聆聽著一曲動人心弦的小調，他將這抹臨別的笑，深深烙印在心底最重要的某個角落。

一滴淚自眼角逸出，滑過臉頰滲進口腔，馬克哀悽的臉龐跟著揚起淡淡的笑。

「眼淚是鹹的，親愛的，我嚐到了眼淚的味道。」

失去的味覺，因為心愛無怨無悔的愛，奇蹟的重生了。

◆※◆※◆※◆

傍晚時分，別墅餐廳內的長形餐桌圍了一共五個人，家裡似乎越來越熱鬧了。

方勤克忙著招呼大夥兒，左手端著白色瓷盤，上頭擺放了滿滿的剛出爐的餅乾，氣味芬芳，他體貼的一一夾餅乾至每個人的小餐盤內。

「來，大家在用餐前先吃一點餅乾，盡量吃別客氣，廚房裡還多著呢。」

「我說 Tony 哥，配個什麼紅茶奶茶的都好，再一次聲明我無法接受這杯又苦又黑的玩意。」郝仁將餅乾塞進嘴裡，嫌惡的瞄了一下面前的純白瓷杯。

「不喜歡就給我。」方馨萍伸手拿走被郝仁冷落的頂級咖啡，小口啜飲之後，忍不住抱怨道：「這時間怎麼會先吃甜點呢？我想先用正餐。」

「嘿！萍萍寶貝，別這樣不捧場嘛，好歹也嚐嚐看幾塊，我可是花了不少時間完成的，特製的勇氣餅乾！」

郝仁不屑的批評：「勇氣餅乾？什麼鬼，聽起來超娘的！」

「吵死人了！」方群對吃一向沒特別要求，給他什麼就吃什麼，他拿起餅乾送至口中，閉起老眼細細咀嚼其中特殊的氣味，「你們這兩個挑剔的傢伙，有東西吃就不錯了，少給我在那邊叫囂。」

「爺爺真隨和。」方馨萍朝郝仁眨個眼。

「沒錯！如果老頭平常都能像現在這樣，天下就太平囉！」

「哼！」方群蹺著二郎腿，沒那心思鬥嘴。

「Tony 哥，麻煩多給我一些勇氣餅乾。」馬克優雅的端起餐盤倒是配合得很。

「好好好，希望大家吃了都能感受到我的心意。」

馬克咬了一口餅乾，不過是簡單的咀嚼動作都令人感到賞心悅目。熟悉的滋味緩緩在口腔內蔓延開來，瞬間紅了他的眼眶。「Tony 哥，這味道是……」

「前幾天不是心愛小姐的生日嗎？我聽阿仁說，她原本想在當天烤一些與你們初見面時你送給她一樣的香草餅乾，為你加油打氣。我想這是我唯一能夠盡的一份微薄心意，餅乾裡頭我只用了迷迭香、奶油等簡單的食材製作而成，不知道像不像就是了，你就湊合著吃吧。」

「就是這種簡單卻甜蜜的味道，讓我回憶起我和心愛當時在餐廳相遇的那一天。」馬克動容的說，胸口席捲而來的一股溫暖猶如海浪拍打著海岸，「真的謝謝你，Tony哥。」

「好了，吃了勇氣餅乾之後，要深深記得心愛小姐的遺願，好好的重新振作起來，不要再自甘墮落了，知道嗎？」

「好，從今天開始我會加倍努力的。」馬克誠心的頷首，感謝對方的提醒，只是敏感的味蕾似乎捕捉到些微難以察覺的芬芳，「請問Tony哥，這餅乾裡頭除了迷迭香之外，沒有放些別的調味料嗎？」

「沒、沒有啊。」方勤克神經驀然繃緊了一下。

「我說Tony哥，你最好仔細想清楚再回答，聽說我們馬克在還未失去味覺前，曾經是知名的品酒師，也參加過許多大型的比賽贏得冠軍，擁有味覺天才的美名，什麼味道都逃不過他敏感的口腔。」郝仁笑嘻嘻的說，他就是喜歡跟大夥兒聚在一塊打哈哈。

「不過是幾場普通的比賽，其實不足為道。」馬克謙虛的微笑，「我只是覺得餅乾溶化在嘴裡幾秒鐘後，接著有一股酸甜的後味，雖然不那麼明顯，卻為這道小西點增添了畫龍點睛的效果。」

「所以……你吃得出來我在麵糊裡放了什麼調味料嗎？」方勤克小心翼翼的詢問，一方面期待見識馬克過人的能力，卻又害怕被對方識破他的心意。他這批餅乾一共做了將近兩百人的分量，想說明日去他經營的美容公司時，順道分送給勤奮的員工們享用。只不過他在裡頭特別增添了一小滴香料，照理來說應該不可能吃得出來。

「馬克，快點說出來嚇嚇大家，順便讓我們見識一下你特殊的功力。」郝仁在一旁催促，「管他什麼前味後味、畫龍點睛效果之類的，我就算把食物丟進嘴裡咬了半天，最多也只能嚐出酸甜苦辣。」

「讓我想想……」舌尖舔著口腔內壁，馬克仔細再品嘗那微妙且不易察覺的氣味，分析道：「這食材來自於東方，三、四月溫暖的氣味，樹根吸取質地鬆軟且帶微酸性的紅土養分。這淡雅的花香，我曾經在某道日本甜品嚐過……對了！櫻花果凍，粉紅櫻花酸甜的滋味最能夠促進食欲。Tony哥烘烤的餅乾，溶化在嘴裡時所殘留的餘韻就是此種香氣。」

「靠！微酸性的紅土是什麼東東？我都不知道土還有味道咧？隨便吃個餅乾就能說出食物的生長環境和氣候，馬克你也太神了吧！」郝仁佩服的誇讚。

「真不愧是味覺天才。」方勤克不好意思的搔了搔頭，覺得有些尷尬，「我才放了一丁點就被抓到，看來以後煮東西可要小心囉。」

「千萬別這麼說，Tony哥。聽阿仁說Tony哥的廚藝非常精湛，我也是抱著品嘗美食的心態坐在這裡的。」

「喔，是嗎？哈哈哈……」方勤克邊笑邊偷瞄了一下方馨萍，只見她不動聲色將咬了一口的餅乾吐出丟回餐盤內，並把餐盤推離開她的視線範圍。

「怎麼啦？馨萍姐，妳們女生不都愛死這種甜膩膩的小東西嗎？難道妳不喜歡喔？」郝仁納悶的詢問，想說她的動作也未免太誇張了吧，一副碰都不願意碰的模樣。

「嗯。」方馨萍只是淡淡應了聲，沒有多作回應。

「對了馬克，心愛小姐的父親聽了你說的話後，有對你不客氣嗎？」方勤克熱心的詢問道，主動轉移話題打破一場僵局。他會在餅乾裡悄悄的放入一滴櫻花蜜，目的就是為了替女兒打氣，沒想到最後竟然還是被揭穿了。

「伯父一開始不相信，後來我把心愛說他在車內的冷氣孔藏毒，還有在這裡所發生的一切全部說出來後，他靜默了好一會兒，忽然就痛哭失聲。」

「那麼心愛小姐的遺體，最後還是決定火化嗎？」

「嗯。」馬克輕點了點頭，俊美的臉龐揚起了溫柔的笑容，「伯父說要帶心愛的骨灰回去，灑在她小時候最喜歡去的大海，我想她一定會喜歡的。」

「這樣也好，我想心愛小姐應該可以安詳的離開了。」方勤克欣慰的點了點頭。雖然這一段插曲他並未參與，嚴格說來有關別墅後頭的美屍坊，他是從未踏進去過半步，不過聽他們一番口述，依然感到心疼動容。愛情總是讓人心動也心痛啊！

「沒錯，還有吳廣元那老伯一聽到心愛小姐交代的遺言，便忍不住痛哭流涕，也對馬克低頭認錯。接著兩人還破天荒的擁抱在一塊兒，一切怨恨全都在瞬間化解開來。」郝仁陪馬克一塊兒去面對心愛的父親，目的是怕馬克會有想不開的念頭。

「當然要化解誤會，否則他還記恨的話，你們兩個早被送進牢裡吃牢飯了。」方馨萍冷笑道。

「喂！說那什麼話啊！」郝仁不悅的皺起眉頭，轉向方勤克抱怨：「Tony哥，你不覺得你女兒太不懂浪漫了嗎？說話太毒辣，小心沒人追喔。」

「哈哈哈……」眾人一陣哄堂大笑，頓時讓原本淡淡哀傷的氛圍染上了喜樂。

忽地，郝仁感覺頭部被莫名的力道襲擊，「喂！老頭你打我？」

等到他猛然轉頭，發現方群依然沉醉在美食中無法自拔，別說打人了，老頭一旦品嘗起食物恐怕是連呼吸都會遺忘。

「阿仁，我站在這裡看得一清二楚，根本沒人打你啊！」方勤克對於郝仁的舉動感到納悶。

「有啦！我的頭好痛，到底是誰K我的頭？」郝仁揉了揉被襲擊的頭部，一個念頭驀然閃過腦海，他猛然站起身離開座位，「哼！我知道是誰了！」

「誰啊？鬼嗎？」方馨萍笑看他滑稽的舉動。

「沒錯，是鬼！」郝仁奮力的朝餐廳內大吼，噪音迴盪在整個空間，「少給我偷偷摸摸的，有種快給我出來！」

「臭小子給我閉嘴！在那邊吵吵鬧鬧的做什麼？」連方群都忍不住發出抱怨聲響，拿起一旁的枴杖往鬧源的方向扔去。

「喂！老頭，幹嘛打人啊？」

「要你閉嘴，讓大夥兒好好用餐。」

「阿仁，你感覺到什麼了嗎？」馬克納悶郝仁異常的舉動，他知道郝仁雖然隨性卻不會亂說話。

「我……那個……」郝仁考慮了半晌，決定將困擾他一個多星期的事情全盤說出。以前不說是怕他們覺得他在唬爛，不過經過心愛小姐的奇異事件後，多少有人會站在他這邊，相信他詭異的言論吧。

方群咬下最後一口餅乾催促道：「快說啊，在那邊發什麼呆？」

「馨萍姐，妳是不是曾經惹上什麼麻煩啊？」郝仁不敢一次說明白，決定一步步的慢慢來。

「怎麼會這麼問呢？」方馨萍歪著頭問，心裡有些防備。

「我這樣說不知道妳信不信，妳的身邊似乎跟著一個鬼魂。不過妳別擔心，他看來似乎沒啥惡意，但我只要稍微揶揄妳一下，他就會露出很不爽的呼吸聲……就像我剛才隨便虧妳幾句說妳不浪漫，就遭到他海K一頓。」

「你說的那個鬼魂……看得到形體嗎？」不知為何，郝仁的言論不禁讓方馨萍的身軀打了一陣哆嗦。

「嗯，不過他現在刻意躲起來，不讓我見到他。」

「這事發生多久了？」

「已經有一段時間了。有一天半夜，就是我跟老頭打起來的那天，我急著跑去妳房間想要請教一些事，不過那天妳外出不在，後來我準備要回房間時，那鬼魂突然從後頭襲擊我，本來差一點把我掐死，好在最後他被我的紅眼睛嚇跑，我才因此保住一條小命。」

「這事為何現在才說？」方馨萍的臉色倏地慘白。

「喔，因為我怕你們以為我在胡扯嘛……別看我這活潑大方的模樣，其實心靈很容易受傷害的。不過馨萍姐妳別擔心，他對妳沒惡意，在妳身旁的時候他看起來溫和得不得了，但除了老頭和 Tony 哥以外的男人靠近妳，他就一臉不爽到了極點！」

「這麼說，那個男人肯定也看我不順眼囉？」馬克手撐著俊臉，環視一下四周圍。

「廢話！瞪得可凶了，我真羨慕你看不見，我可是快被他瞪瘋了。」

「阿仁，你能說出他的樣貌嗎？」方馨萍起身，有別於平日的冷靜性格激動的問。

「喔，一個大約三十五歲左右的男人，身上穿著一件黑色及膝的長大衣，頭上戴一頂帽子，臉嘛不是頂帥但還算性格，至於有沒有什麼比較顯眼的特徵……喔，對了，那男人的下巴有一顆心型的痣。」

「你說……心型的痣？」方勤克驚訝的大喊一聲，手上的餐盤險些掉落至地，「會、會是那個人嗎？」

「誰？難道 Tony 哥也認識那個男人？」

NO. 10 紅眼怪客團正式成軍

郝仁方才再度歷經一場被附身的過程，此時此刻身體疲累得不像話，就像魂魄還未全然回神的感覺。

「靠！累死我了。」

他癱在床上歇息，決定就這樣一覺到天亮，腦海卻依然被先前發生的事情占據。

那個跟著方馨萍已經有兩年之久的鬼魂，因為放心不下她而離開不了，就這樣成了孤魂野鬼。他是日本人，名叫櫻田次花，據說方馨萍有時候會故意親暱的叫他櫻花。

直到那一刻，郝仁才明白方勤克在餅乾裡頭放進櫻花香料的用意，就像是心愛小姐想做餅乾幫馬克打氣一樣，那是身為父親想推女兒一把的心願。

那個叫做櫻田次花的男人，和方馨萍同樣都是非常厲害的外科醫生，只是兩年半前意外患了一種罕見的疾病，需要在心臟上動刀，因為那場手術難度太高以至於沒有人敢挑戰，但如果不切除心臟那塊凸起的罕見腫瘤，只要一壓迫到神經便會立刻暴斃身亡。

櫻田某天突然指定要讓方馨萍動刀，說只要是她動刀，後果為何都無所謂。本來一開始方馨萍不肯答應，但為了拯救愛人的一條性命，她終於被迫點頭。

方馨萍專業的技術，讓圍在上頭隔著玻璃窗觀看的眾多醫生們嘖嘖稱奇，只是事後這場手術還是失敗了。醫界裡沒人怪她，畢竟手術要成功簡直就是天方夜譚。但是方馨萍一直無法原諒自己，從此退出醫壇封閉心房，回到了美屍坊跟著方群賺起死人財，也讓醫界一顆亮眼的新星就這麼毫無預警的消失。

於是，郝仁找出了櫻田先生的靈魂用紅眼與他對望，暫時讓對方附在他身體裡，好讓被拆散的一對戀人能夠再次相聚，並將心裡來不及表達的話語全盤而出……

當時郝仁失去了知覺，就像方群說的，他不像一般坊間發生的附身情況，兩道魂魄輪流搶著替換發言，他是徹底的沉沉睡去，這或許和他意志力薄弱的性格有關。

不過在這之中，郝仁還是依稀聽見了櫻田先生溫柔的叮嚀……

馨萍，妳要堅強起來，不要讓家人擔心，我一直想跟妳說的是，那場手術的失敗不是因為妳的緣故。

我之所以會希望妳動刀，無非是希望能夠有奇蹟出現，雖然清楚不大可能，但還是想試試看，就算結果可以說是百分之百的注定失敗，如果是別人動刀我一定會不甘心，可若是妳，我就能夠平心靜氣的接受事實。

不要再封閉自己了，我美麗的馨萍，希望妳能夠敞開心胸去面對這個美好的世界。畢竟還有許多可憐的病患需要妳，我希望妳可以重新振作起來，回到醫院繼續動刀，拯救更多需要幫助的人。

如果妳一直封閉自己，我就哪兒也不能去；如果妳無法振作起來，我就永遠的跟在妳身旁。

當下，方馨萍哭了。

郝仁訝異的看著堅強的馨萍姐竟然也會掉下柔軟的眼淚，看來那位櫻田先生和她之間，必定有著深厚且無法動搖的情感吧。就像馬克和心愛小姐一樣，雖然彼此相愛，卻被迫要和心愛的另一半天人永隔。

後來回魂了後，郝仁也哼唱了一首安魂曲，撫慰櫻田先生的魂魄。據方群的說法，對方應該是抱著欣慰的心情投胎去了。

「喔喔，也難怪馨萍姐老是會為了某些事件大發雷霆，原來背後真有一段動人的故事。唉，也真是苦了她，獨自承受這般痛苦。這世上真是好事多磨，悲哀的事也不少啊，安魂曲……」

這玩意還真是不可思議！

郝仁心想自己以前和同學去 KTV 唱歌，總是被人譏笑五音不全或者鴨子唱歌之類的評語，沒想到當他感同身受、胸口湧現出無法抑止的悲傷時，唱出的安魂曲調竟會如此的扣人心弦。

他從來都不知道自己竟然有這個能耐，先是透過紅眼睛讓鬼魂暫時進駐，然後又能夠以歌聲來安撫躁動不安的靈魂。據方群的說法，這或許是鬼老婆們和惡靈同時在他身體裡消滅後所產生的未知力量。

郝仁仰躺在大床上得意的大笑，以這種方式幫助人，雖然未來注定和靈界脫離不了關係，不過老實說，他心裡十分痛快！

知道有這麼多人需要自己的幫助，他就有一種強烈的虛榮心及滿足感。方才方群還難得誇讚他，說他們靈界終於多了一名不可多得的鬼才。

「哼！這還差不多。那臭老頭以前沒事就動不動把我遭到退學以及被逐出家門的事情拿來取笑，但現在事實證明，不一定非得擁有傲人的成績才能出人頭地，或許某日我郝仁也能在靈界闖出一番名堂！到時候我要跟我的老婆們好好的炫燿一番……啊！老婆？」

郝仁淡淡的嘆了口氣，忽然想起總是陪伴在身側的老婆大人們，「唉！要是她們幾個也都能幸福快樂就好了。」

忽地，一陣輕柔的敲門聲響傳來，打斷了郝仁的思緒。

「進來，門沒鎖。」郝仁懶洋洋的回應，沒力氣起身。

「是我。」方馨萍推開門走進，臉上的表情不像以往那般冷漠，原本清麗的臉龐顯得更為溫和了。

「有事嗎？馨萍姐……喔喔！妳該不會是想過來向我磕頭感謝吧？」郝仁故意戲謔的說著。

「哼！臉皮真厚。」方馨萍嘴裡這麼斥責，但臉部表情卻沒半點不悅，「喏，拿去，這給你。」

「這是……什麼啊？」郝仁伸手接下遞過來的東西仔細瞧看。

那是先前方勤克替郝仁縫製的黑色眼罩，方馨萍剛才說先借她一下，現在送回來變得有些不同了。

昨天半夜，郝仁特地找了個時間為他的那八位鬼老婆們唱了首安魂曲，結果左眼角隨即流出八滴紅色眼淚，掉落地上後成了珍貴的八小顆紅寶石。方馨萍幫他把那八顆寶石全鑲上了眼罩，剛好圈成一環。那感覺就像……八位鬼老婆的靈魂在身邊守護著他。

「漂亮吧？這是你的八位老婆送給你的禮物，一定要好好珍惜喔。」

「嗯。」郝仁點頭，握在手中的寶石眼罩，替胸口注入一股暖流。

◆※◆※◆※◆

「王子貓，你到底是在那邊忙些什麼？」郝仁挑眉看向窗檯邊正在拉扯田鼠耳朵的王子，越看越覺得不對勁，「那隻老鼠是橡皮做的喔？咬都咬不爛？」

「阿仁，還記得00760嗎？」馬克慵懶的開口，沐浴在夕陽下。

「忘得了才怪咧！昨天晚餐吃得正爽時，王子這臭貓不知從哪叼回一隻腐爛的老鼠，靠！再想就要把剛吃進去的義大利麵吐……等等！你是說……」

「嗯，王子的新玩具，聽馨萍說她做了特殊處理，做成類似橡皮材質，耐摔、耐拉扯又不容易壞。」

「馨萍姐未免也太屌了吧！連一隻被壓爛的動物都能恢復原狀。」

方群昨晚故意激孫女，說她只會處理人類遺體，動物肯定不行，這下完好如初的老鼠模型是最好的證明。

「原本還只是一團爛肉咧，真是太強了！」

「咳！」方群一記聽來極為刻意的咳嗽聲拉回二人的注意力，「給我專心一點！坐在這邊一下午連個團名都搞不定。」

郝仁雙手環胸抱怨：「還不都是你這老頭挑剔，我們不知道提議了幾百個名字供你選擇，再想下去我的腦袋就要爆炸了！」

不久之前，郝仁和馬克接受了方群的提議成立一個團體，成員有郝仁、方群以及馬克、方馨萍四人。郝仁之所以會點頭答應，其實最重要的原因還是他目前無處可去，而方群的附帶條件是郝仁可以繼續待在美屍坊豪華別墅裡享受生活。

「阿仁的紅眼睛滿特別的，我們要不要往這方向取名？」馬克提議道。

「嗯嗯……」郝仁故作深思，「若再加上老頭特徵的話……不如這樣，『紅珠老怪咖』這名字不賴吧？哇哈哈哈……」

「閉嘴！給我正經點，別把我的財神爺給笑跑了！」方群用枴杖敲了下桌子。

「說真的老頭，你到底是透過什麼管道知道可以賺往生者的錢啊？」這門生意據老頭說可以陸陸續續賺進大筆財富，實在讓郝仁覺得太不可思議。

「將來你就會知道，在這之前趕緊給我想出團名！」

「靠！團名團名團名！叫什麼有那麼重要嗎？」

「嗨，各位。」

位於二樓大露臺旁的會議室突然出現一抹娉婷身影，方馨萍出門一趟，回來發現大夥兒還在為取團名的事苦惱，不由得提議道：「『紅眼怪客團』這名字如何？」

「紅眼怪客團……嗯，聽起來挺屌的，我投贊成一票。」

「我也贊成。」馬克舉高修長的雙手伸了個懶腰，微微瞇起他狹長的眼眸。

「既然如此，我們就拍桌定案了！」方群起身，矮小身軀以迅雷不及掩耳的速度躍上桌面，並高舉他的金色枴杖，「紅眼怪客團，就從這一刻起正式成軍！」

「Yes！成軍！」郝仁被煽動情緒，跟著鼓掌叫好，內心湧起澎湃的情緒。

◆※◆※◆※◆

這絕對算是一段不可思議的奇遇吧？

自從被方群引進了美屍坊，經歷了一連串以往不可能碰到的怪事；被方群設計一場驚險刺激的幻術旅程，去太平間收屍，甚至成為偷屍賊……他郝仁從今而後，確定和那些眾人感到懼怕的靈異世界脫離不了關係了。但弔詭的是。他卻不覺得難受，反而起了某種莫名的使命感。

一隻怪異的紅眼，意外成了鬼魂進出的通口，還有更妙的是，他這音痴竟然能吟唱出失傳許久的安魂曲！雖然不知何時能夠再開口，但聽老方群說就快了，他笑說只怕到時候生意好到接不完，安魂曲讓他唱到喉嚨發炎。

未來，他們一行人又將面臨什麼樣的挑戰呢？

《紅眼怪客團之美屍坊》完

番外

我和我的八個鬼老婆

我，郝仁，路人甲一枚，除了身材較同年齡的高壯、力氣也較大外，要說有什麼特別值得提起的，大概就兩件事了吧。

第一，據說在我即將滿一歲那年某日的午後，趁外婆忙著泡牛奶不注意時，調皮的我爬出家中開啟的通風落地窗，意外的從四樓的後陽臺摔了下去。

外婆哭天搶地顫抖的跑出家門外，以為我會慘死在馬路上，卻意外發現她親愛的金孫笑呵呵的躺在樓下的美義水果攤，壓壞了老闆擺放整齊的水蜜桃堆上，我肥嘟嘟的身體被果汁噴灑得香甜無比。

這離奇事件成了當地大新聞，每當村裡頭舉辦各種活動時我肯定會被拱上臺去，奇蹟的事件重複被提起，我不好意思卻又帶有點驕傲的站在臺上，接受村民們每一次嘖嘖稱奇的目光。

就這樣兩歲、三歲、四歲……直到七歲那年，村子裡再度發生某件光怪陸離的事件，我的奇遇記才逐漸成了褪色的舊聞。

第二，我擁有八位鬼老婆。當然啦，這世上無奇不有，但娶了八名鬼老婆的人想必不多見吧？

這離奇的故事，應該要從我十歲那年說起……

那是準備升小五的暑假，我趁家人不注意偷偷溜出家門找樂子，炎炎夏日踏著悠閒的步伐吹著口哨，在通往公園必經的橋頭上，發現了一個不明的紅色物體，於是我停下腳步眼觀四面八方。

這是紅包耶，可以撿起來買東西吃嗎？

——聽好喔！千萬不可以隨便撿起來路不明的紅包袋，知道嗎！

我躊躇不安的在紅包袋周圍徘徊，但母親的警告和叮嚀戰勝了強烈的欲望，於是我閉起眼睛跨過了地上的紅包袋，便頭也不回的往橋的另一端跑去，雖然當時心裡始終不明白，為何好康的事情就在眼前唾手可得卻又要置之不理？

踏著遺憾的步伐到達常去的公園，發現難得這個時間沒什麼人，只有靠大馬路的出入口附近有個年邁的阿公陪著孫女在玩溜滑梯。

忽然之間，我的視線被一輛停在花圃前方的遙控車吸引住，寶藍色澤在陽光的照射下顯得格外閃亮，我左右張望找尋車子的主人，雙腳卻像是不聽使喚的靠近，甚至已經蹲下身體撫摸起光滑的車身。

會不會是老天爺補償獎勵我的禮物？因為我沒有亂撿地上的紅包，所以在這邊擺了一輛我最喜歡的遙控車迎接我的到來？

本來想說等候十分鐘後，車子的主人若沒出現就將它占為己有，但分針不過才前進一格，我就忍不住拾起地上的遙控車，加快回家的步伐，最後乾脆拔腿狂奔了起來。

「哈哈……賺到賺到！」

我邊跑邊笑，開心撿到了寶，卻從未想過這原以為天上掉下來的禮物，竟意外成為開啟我未來詭異生活的開端……

回家後，我拿出美工刀在寶藍車身的引擎蓋上刻了「郝仁」兩個字，就像狗在電線桿撒尿作記號一樣，不管這輛遙控車以前屬於誰，從今而後都只歸在我郝仁的名下。

隔天我手癢把玩遙控車時，打開引擎蓋後，發現裡頭竟然塞了一個紅包袋，紅包袋裡裝有一枚硬幣，當下我察覺事情似乎有些蹊蹺。

沒錯！當天傍晚我出門買冰棒時，一對年約六十多歲的夫婦攔住我，詢問我有關遙控車的去向，說什麼拿了紅包就得負起責任……

就這樣，從此我的身邊莫名多了個鬼老婆！

靠！這些大人頭殼是不是壞了？想搞冥婚也得看對象嘛，這鬼老婆長相賞心悅目也就罷，好死不死讓我撿回一名四十歲的老女人……我們兩人年紀相差三十載，她老到都可以當我媽了！

對方家人見到對象是我，還當場在那邊哀哀叫了半天，也不想想這整個事件最衰的到底是哪位。本來以為自己年紀小應該可以幸運脫身，沒料到最後那奇怪的一家人還是一把鼻涕一把眼淚，說什麼為了安個名分，只好勉強將女兒託付給我。

衰咧！區區一輛遙控車，就想把那孤魂野鬼硬塞到我這兒來，我看菩薩都沒這麼好心腸。我多次想盡辦法把車子拿去丟掉，但斗大的字體刻在車身上，無論如何都有辦法輾轉回到我手中，最後我也只好硬著頭皮接受了。

整件事情演變到最後，我在對方家人半請求半脅迫下，瞞著家人偷偷把鬼老婆的牌位安置在爺爺家後院的竹林——供奉我們郝家歷代祖先的祠堂中。

有關鬼老婆，據說她在生前是名國小教師，大學畢業那年男友出國深造，承諾兩年後回來將風光的把她迎娶回家；之後那個負心的男人確實歸國了，可身旁卻多了位美麗的新婚妻子。從此，鬼老婆絕口不提感情，直到學校轉來一位男老師，因為他的體貼誠懇讓她再度打開心門，兩人從此陷入熱戀，並決定在三個月後步入禮堂。

然而命運捉弄人，結婚當日發生嚴重車禍，新郎和司機一行人受到重傷僥倖生還，唯一命喪黃泉的只有她，而事後男方家屬更不願承認此婚事。

在鬼老婆四十歲生日的當天，因為一場突如其來的意外，幸福徹底毀滅！難怪初次見到她，身上穿著的就是一件漂亮的白紗，血肉糢糊的臉龐淌著傷心的眼淚。

靠！這分明是韓劇，特別是賺人熱淚、劇情百轉千迴到令人髮指的那種！即便苦情女主角是一位老到可以當我媽的那款貨色，我還是感動到淚流不止啊！

有關鬼老婆事件，我並沒有讓家人知道，畢竟怪事還是埋藏心底好。

我們夫妻很有默契，比起我和家人間來得親密。不過別想歪，我們可沒夫妻之實，當時我年紀還小，好險她也還算有良心，從未對我有任何非分之想。而且老實說，她對我比我老媽還老媽，甚至把她在學校管學生的那套用在我身上……靠！

不過這事件後，我彷彿走了什麼衰運似的，接連來了幾個女鬼，哭天喊地求我賞個名分。難不成孤魂野鬼的嗅覺特別敏銳，輕而易舉聞到我的好心腸？

因為人數眾多不好唱名的緣故，我和鬼老婆們達成了共識，決定以出現的先後順序以及季節來命名，分別是：大春、春二、秋三、四夏、五春、六秋、夏七及八冬。

春二和秋三是大老婆大春看她們可憐，懇求我的同意帶回來的拖油瓶；會有四夏的出現，應該是在我國二期末考當天往學校的途中，沒公德心的在某棵山櫻花樹下撇尿的同時發願，只要誰能幫我把每個科目「喬」到超過九十五分，要我郝仁做牛做馬都願意。

沒錯，四夏這個冤魂不知動了什麼手腳，如願讓我期末考平均分數高達九十八分，總成績名列全校第一，差點讓我們班導嚇到下巴掉下來，家族也與有榮焉的幫我舉辦一場幾乎全村都出席的盛大慶祝會。

四夏幫我達成了願望，但她卻沒有要我做牛做馬，只是要我做她老公……說真的，這個代價未免也太大了！

五春、六秋和夏七據說是親生三姐妹，她們都患有先天性難以治癒的怪病。感情極佳的姐妹們約好死後也不分離，相繼因病死亡後強烈的意念讓三人重逢，也因為莫名的緣分牽引著三姐妹來到我身邊，那年我十五歲。

在我覺得自己不可能衰那麼久，也立誓從此拒絕收留孤魂野鬼的一年後，還是遇到了所有鬼老婆中年紀最大、個性最為活潑的八冬。

那年我報名參加夏令營活動，三天兩夜到深山露營，分配工作時不小心抽到籤王——清洗我們小組晚餐所有的鍋碗瓢盆。

吃飽飯後，我心不甘情不願的捧著一大缸裝著我們這小組共十五人碗筷的缸盆來到靠溪邊的清洗區，正準備開始認命的刷刷洗洗，腳邊忽然冒出一隻黑色中型的癩痢狗。

「嗚……汪……」

牠搖尾乞憐、咿咿呀呀的模樣看起來怪可憐的，我心軟的走回工作檯邊，拿起放在上頭準備要丟入餿水桶的廚餘袋子，在一堆食物殘渣中挑出了三塊幾乎沒動過的排骨輕放在地，這隻癩痢狗完全沒有戒備，友善的搖著尾巴靠近，並狼吞虎嚥的吞下食物。

「喂！吃慢點，你這隻可憐的餓死狗，至少咬個幾下再吞進肚裡去，不怕消化不良或便秘啊？」我這個人呢嘴巴壞歸壞，心可是柔軟得不得了，乾脆好心把一整袋的食物送到牠面前讓牠吃個過癮。

「我說餓死狗啊，明天下午活動結束後我們就要解散回家了，以後呢，應該時常會有各個團體來這邊舉辦露營活動。你啊放機靈點，尾巴努力搖晃，眼神就像現在可憐又可愛，這樣包准你絕對一直討得到食物，知道嗎？」

這隻餓死狗似乎具有那麼點靈性，聽了我的話後尾巴搖得更起勁了。我摸摸牠的頭，然後準備繼續洗碗去，牠卻張口咬住我的褲管不斷往後退，像是要帶我到什麼地方。

我好奇的跟在餓死狗的身後，因為狗兒速度太快害我也跟著跑了起來，直到穿過一片濃密的樹林，來到一顆奇形怪狀的石頭邊才停下。我喘吁吁的發現餓死狗用牠兩隻前腳正努力在挖掘沙土，於是我下意識的蹲下身體幫忙，那感覺好像在挖寶藏一樣刺激，滿心期待能挖出什麼好東西來。

「靠！該不會童話故事即將發生在現實生活中，哈哈！流浪狗報恩記，看來我郝仁要出運了。」

約莫五分鐘的時間，我們合力挖掘出一個深達二、三十公分左右的洞，在即將放棄的同時終於看到了點頭緒，一只約書本長寬的盒子露了出來。當下我看了心花怒放，乾脆一把推開餓死狗更加猛力的挖掘，直到盒子能夠輕易的被我拉離洞外。

那是一個如珠寶般美麗的精緻箱盒，外頭精美的雕刻巧奪天工，細微的雕出了不知名的文字圖樣。我竊笑的摸了摸餓死狗的頭，並大力讚賞牠懂得知恩圖報，然後小心翼翼的捧著盒子回到帳篷中，並偷偷摸摸的把盒子放進我的背包，完全不吃見者有份這套，準備帶回家中好好打開來欣賞。

露營活動結束，我一回到家就迫不及待的打開盒子，欣喜若狂的以為會看到什麼金條或鑽石之類的寶物，結果卻讓我大失所望。盒子裡頭只有一枚便宜的木頭雕刻的印章，以及一張寫著住址的便條紙。

我不死心的找到了這個住址所在的地點，從外頭看來是一般的高樓大廈，經由大樓管理員的通報後，讓我搭電梯至頂樓十四樓。

這裡並非住家也不像公司，通過一道道厚重的大門，放眼望去屋內擺設像是一般銀行那樣挑高寬敞，但是感覺更為森嚴、也更為豪華。其中靠裡頭的櫃檯人員向我招手，簡單問候幾句，接著要我拿出印章，我遞出從盒子裡拿到的印章後，穿著整齊的櫃檯小姐給了我一張銀色如名片般大小的卡，然後再由兩名西裝筆挺的高大男人帶領我走向內部。

經過一條光可鑑人的大理石走道，在彎過黑色鏡面的長廊後，終於來到一扇門前。其中一名男性服務人員示意我用手中的銀色卡片感應門前的一小塊面板。

嗶的一聲後門開啟，門裡頭約莫三坪左右的空間內有張黑色桌子，桌面上擺放著一只比先前挖掘到的盒子還要更為高級的小型木箱；當時我只覺得如此大的排場肯定是什麼古董、價值連城的寶物，回到家中打開後，裡頭竟然是一個璧玉製成的骨灰罈……

沒錯，我又中標了。

原本我還貪心的以為自己遇到忠犬報恩致富的奇蹟，結果又換來了一名老鬼新娘。事後詢問八冬，她說她生前發明了一種好用的拖把，經朋友們勸說申請專利，沒想到竟為她帶來了令人瞠目結舌的大筆財富。

然而，錢是賺了一堆用不盡，卻怎麼也找不到如意郎君，於是四十五歲那年她透過特殊管道認識了某個團體，這個秘密團體標榜孤單女性死亡後，將會為其安排最佳的去處。

據八冬的說法，她為此幾乎投注了大半的財產，就為了死後求一個名分。

怪了！難不成這一連串和餓死狗的相遇，一直到收下八冬這個冤魂的戲碼，都是那個秘密團體促成的？

八冬散盡財富就換得死後成為我的老婆，但不公平的是，那麼多的錢我郝仁可是一毛都沒享受到啊！

反正呢，就這樣我心軟答應了八冬，加上之前被那幾個鬼老婆認同撿回來的，不知不覺在我十六歲那年，正式擁有八位跟屁蟲。

根據她們幾個討論為何會找上我的原因，大概是八位鬼老婆們生前都有個特點——八字過重，命格都具有剋夫相，因此她們幾位只要和誰在一塊兒，無論最後能不能走向結合這條路，對方都會因為擋不住煞而走衰運，即便連身亡後也沒有誰家的長輩願意接納一位命格扭曲的媳婦。

但奇怪的是，八位命格重到遭人嫌棄的鬼魂竟然能在我名下，並且相處至今也相安無事，這是否意味著我郝仁的命格是史上霹靂無敵強大，才有足夠抵擋八道強力的煞氣呢？

真是不解啊不解～

番外《我和我的八個鬼老婆》完

敬請期待更精采的《紅眼怪客團02》

典藏閣
超萌え萌え的魔法美少女戰鬥物語!!
祖靈的怒吼
修羅地獄
終點與未來
美少女魔法師從天而降，其實是：
(a) 中樂透頭彩　(b) 天將降大任於斯人也
(c) 膝蓋中了一箭　(d) 媽我出運啦！　(e) 以上皆是
吐槽系作者 佐維＋知名插畫家 Riv
正港A臺灣民間魔法師故事
《現代魔法師》驚爆登場！
華文聯合出版平台
www.book4u.com.tw
采舍國際
www.silkbook.com
不思議工作室_
立即搜尋
版權所有© Copyright 2014

他是人間蒸發一年的小説作家柳阿一，
身邊則是擁有刑警魂、撒鹽不手軟的助理編輯殷宇，
以及不信鬼神卻擁有陰陽眼的責任編輯方世傑，
一本謎樣的、會自動書寫故事的「勾魂冊」出現在三人眼前，
將他們平凡的拖稿催稿生活轉而涉入一連串詭異的命案之中！
究竟「勾魂冊」的主人是誰？他有何目的？
而柳阿一能否找回自己失落的記憶？
一切的答案，都在——勾魂筆記本
勾魂筆記本 1
勾魂筆記本 2
勾魂筆記本 3
勾魂筆記本
全套五集，全國各大書店、網路書店、租書店，持續熱賣
典藏閣
華文聯合出版平台
www.book4u.com.tw
采舍國際
www.silkbook.com
不思議工作室
立即搜尋
版權所有© Copyright

飛小說系列105

紅眼怪客團01

紅眼怪客團之美屍坊

出版者■典藏閣
作者■天馬　繪者■CHI77
總編輯■歐綾纖　企劃主編■PanPan
製作團隊■不思議工作室

郵撥帳號■50017206 采舍國際有限公司（郵撥購買，請另付一成郵資）
台灣出版中心■新北市中和區中山路2段366巷10號10樓
電話■(02) 2248-7896　傳真■(02) 2248-7758
物流中心■新北市中和區中山路2段366巷10號3樓
電話■(02) 8245-8786　傳真■(02) 8245-8718
ISBN■978-986-271-492-8
出版日期■2014年7月

全球華文國際市場總代理／采舍國際
地址■新北市中和區中山路2段366巷10號3樓
電話■(02) 8245-8786　傳真■(02) 8245-8718

新絲路網路書店
地址■新北市中和區中山路2段366巷10號10樓
網址■www.silkbook.com
電話■(02) 8245-9896
傳真■(02) 8245-8819

☞您在什麼地方購買本書？☜

1. 便利商店（＿＿＿＿市／縣）：□7-11　□全家　□萊爾富　□其他＿＿＿＿

2. 網路書店：□新絲路　□博客來　□金石堂　□其他＿＿＿＿

3. 書店（＿＿＿＿市／縣）：□金石堂　□誠品　□安利美特animate　□其他＿＿＿＿

姓名：＿＿＿＿ 地址：＿＿＿＿

聯絡電話：＿＿＿＿　電子郵箱：＿＿＿＿

您的性別：□男　□女　　您的生日：西元＿＿＿＿年＿＿＿＿月＿＿＿＿日

（請務必填妥基本資料，以利贈品寄送）

您的職業：□上班族　□學生　□服務業　□軍警公教　□資訊業　□娛樂相關產業
□自由業　□其他＿＿＿＿

您的學歷：□高中（含高中以下）　□專科、大學　□研究所以上

☞購買前☜

您從何處得知本書：□逛書店　□網路廣告（網站：＿＿＿＿）　□親友介紹
（可複選）　□出版書訊　□銷售人員推薦　□其他＿＿＿＿

本書吸引您的原因：□書名很好　□封面精美　□書腰文字　□封底文字　□欣賞作家
（可複選）　□喜歡畫家　□價格合理　□題材有趣　□廣告印象深刻
□其他＿＿＿＿

☞購買後☜

您滿意的部份：□書名　□封面　□故事內容　□版面編排　□價格　□贈品
（可複選）　□其他

不滿意的部份：□書名　□封面　□故事內容　□版面編排　□價格　□贈品
（可複選）　□其他

您對本書以及典藏閣的建議＿＿＿＿

＿＿＿＿

＿＿＿＿

✌未來您是否願意收到相關書訊？□是　□否

✎感謝您寶貴的意見✎

印刷品

$3.5
請貼
3.5元
郵票

235 新北市中和區中山路二段366巷10號10樓

華文網出版集團　收

（典藏閣－不思議工作室）